U0502201

积压的爱

吴志强 著

中国华侨出版社

图书在版编目（CIP）数据

积压的爱/吴志强 著．—北京：中国华侨出版社，2013.4

ISBN 978-7-5113-3482-4

Ⅰ.①积…　Ⅱ.①吴…　Ⅲ.①小小说—小说集—中国—当代

Ⅳ.①I247.8

中国版本图书馆 CIP 数据核字（2013）第 070641 号

积压的爱

著　　者/吴志强

出 版 人/方鸣

责任编辑/孙琳茜

封面设计/博凯设计·梁宇

经　　销/新华书店

开　　本/700mm×1000mm　1/16　印张/11　字数/172 千字

印　　刷/北京一鑫印务有限责任公司

版　　次/2015 年 5 月第 2 版　2015 年 5 月第 1 次印刷

书　　号/ISBN 978-7-5113-3482-4

定　　价/29.80 元

中国华侨出版社　北京市朝阳区静安里 26 号通成达大厦 3 层　邮编：100028

法律顾问：陈鹰律师事务所

发行部：(010) 64443051　　传真：(010) 64439708

网　址：www.oveaschin.com

E－mail：oveaschin@sina.com

如果发现印装质量问题，影响阅读，请与印刷厂联系调换。

目 录
Contents

餐馆风波

　　正午的太阳一点点西移，大明餐馆还未接到一位食客。无聊之余，餐馆老板大明准备招呼厨师和两位服务员打麻将。这时，一位西装革履、派头十足的老头夹着个黑色皮包迈着方字步东张西望地走了进来。大明见状，连忙起身亲自迎了上去。

　　"老板，请中间坐。"

　　大明为老者拣了张中间的位置，并帮他把椅子挪好。待老者坐定，大明立即叫服务小姐泡茶，然后笑吟吟地问：老板，请问您想吃点什么？老者看了看大明，把黑色皮包往桌上一放，扬了扬手说："叫你们老板来，我有事跟他谈。"大明闻听，笑容僵在脸上，以为他是消协或者是税务部门的。"我就是本店的老板，您说，有什么事跟我商量。"大明腰直了起来，脸也严肃了。老者闻听，连忙站起身要和大明握手。大明没理他，径直挑了把椅子在老者对面坐了下来。

　　"小伙子，说实话吧，我想把你这餐馆买回来。"

　　老者一改进门时的傲气，露出一脸伤感情绪。

　　"买我的餐馆？"大明感到十分惊讶。

　　"是啊，这家餐馆三十年前本来就是我岳父留给我和我妻子的，但因为我好赌，结果输给了人家，妻子一气之下，便上吊自杀了，喏，就在上面那根横梁上。"老者用手指了指房顶，眼睛湿润了。

　　大明闻听，暗暗叫苦不迭，心想，怪不得这餐馆生意几年来一

积压的爱 ‖ 1

直做不好，原来是吊死鬼给闹的。

"你，你能出多少钱？"大明试探老者。老者伸出两个指头。"两万？!"

老者摇摇头，很严肃地说：二十万！

大明闻听，吓了一跳，心想，这老头是不是疯了，花二十万买我这么百来个平方的偏僻小餐馆。他心里高兴，但脸上不能露出来。

"这个嘛，你得让我考虑考虑。"

老者听大明说还要考虑，有点急，忙解释说："我买回这个餐馆，纯粹是为了赎罪，在死前完成年轻时没完成的心愿。决不是为了做生意开餐馆。"

"这个我明白，但卖餐馆这么大的事，你总得留点时间让我和家人商量商量。"

"这个应该，这个应该。这是我的名片，一商量好立即给我打个电话，最迟我明天上午过来和你签协议。"老者从包里掏出各片，双手递给大明。

大明早早关了餐馆的门回了家，把老者出二十万现金购买大明餐馆的事一宣布，全家都感到惊讶。经举手投票，都同意把餐馆卖给老者。大明不敢怠慢，立即找出名片，给老者打了个电话。老者接到电话，激动地哭了，再三声明，中国银行一开门，马上把钱带过来签协议。那一夜，大明也激动得彻夜难眠。他在考虑今后应该怎样投资，投资什么行业。

老者非常守信，上午八点匆匆携来二十万现金和一份房产转售合同。大明点完钱，马上在合同上签上自己的名字。笔提起来，餐馆就变成别人的了。老者给了大明三天时间搬迁。这时，大明心里酸酸地难受，原来自己早和餐馆有感情了。

老者携着买房合同前脚迈出餐馆，大明的父亲后脚就跟进门。他一见大明便惊慌失措地问："餐馆已经卖了？"大明点点头，说：

"可不卖了吗！"老人家听完，狠狠一跺脚，长长地唉了一声便跌坐在沙发上。大明吓了一跳，以为发生了什么大事，忙问父亲："怎么，昨天晚上不都举手表决了吗？"

"你在城市规化局的表叔刚刚打来电话，说我们餐馆这块下面将来要建地铁，上面要建国际商贸大厦。现在我们马路对面和周边的地都炒到每平方米一万块了。我们全家都还蒙在鼓里呢！"

大明闻听，整个人都傻了。一回家，便卧床不起。这把全家人都吓坏了，慌慌张张把他送到医院。可医生在他全身都查遍了，也找不到病因。医院只好让他住院观察。

不久，政府召开大会，经过慎重考虑，驳回了××、××等城市拟建地铁的申请报告。地铁建不成，建国际商贸大厦也成了一句空谈。大明听到这个消息，病情逐渐好转，大会闭幕那天，他也康复出院了。

难忘玫瑰

当时她正念高三。

一场意外事故，在她姣美无瑕的脸上留下一块不大不小的伤疤。伤疤虽小，但对她心灵的打击却非常大。一个原本充满活力，阳光四溢的女孩，整天处在懊丧和自卑的折磨之中。心里负担一加重，学习成绩也逐渐下降。高三上半学期，她还是班上的尖子生。到了下半个学期期中考试，她却出人意外地考了个班上倒数第三名。一看到如此成绩，把班主任给急坏了，多次找她谈话，希望她尽快调整好自己的心态，全身心地投入到学习中，准备迎接高三最后冲刺。

那天，她像往常一样打开课桌，发现抽屉里横放着一朵鲜艳欲滴的玫瑰。当时，她认为是哪位男同学恶作剧，并没十分在意。第二天，她又发现自己课桌抽屉里有一朵玫瑰，这次，她再也没法视而不见，开始询问前后左右的同学。结果同学们都摇头不答。就这样，她每天早上都收到一朵玫瑰花。她对每天的那朵玫瑰花都要调查好几次。最终，还是一无所获。尽管如此，她的心态却在逐渐转变。她明白，每一朵玫瑰都代表着一个希冀、一份期盼。虽然她脸上多了一块难看的伤疤，但是还有人每天都在关心她。为了送花的人，为了每天一朵玫瑰，她认为也应该集中精力把学习赶上去。这么一想，她渐渐卸下了沉重的思想包袱，淡忘了那场事故那块伤疤。最终，她如愿以偿地考上了自己喜欢的那所大学。她一直闹不明白那些玫瑰的来历。但她对高考之前每天一朵的玫瑰充满了感情，对那个每天给她送玫瑰的人充满了感激。

　　毕业后，她被分配到另一所中学任教，她把这个玫瑰故事讲给每一位学生听，让玫瑰的芬芳洒满整个校园。

神秘老头

毕业前夕，我在一家建设银行实习，负责一个窗口的存款和汇款业务。

有一天，银行来了一位蓬头垢面穿得破烂不堪的老头。他浑身散发着一股酸腐的异味。看样子，不是乞丐也是个捡破烂的。

老头站在马路上远远地朝着银行内观望了好久，发现里面的保安的确不在，才拄着一根拐杖颤颤巍巍地走进银行。在银行门口，他又扫视了一下办业务的各个窗口。1号窗没人，他选择1号窗。1号窗是一位娇小玲珑的女同事。她早就瞅见老头了。她一见老头向1号窗走来，立即从地上的钱柜里取出一沓人民币，拆散来放进验钞机装模作样地点验起来。老头一靠近，她马上努起猩红的小嘴，说："没看见手上有活儿吗，存钱到其他窗口去！"老头看了看女同事，没吭声，拄着拐杖到了2号窗口。2号窗口是位胖胖矮矮的男同事，他一直低着头复账，没看见老头。但老头一靠近窗口，他马上敏感地捏起了鼻子，大叫起来："什么味道，什么味道？"转过头发现是位又脏又臭的干巴老头，连连一摆手，说："没钱没钱，要饭到其他地方要去，走开走开。"老头听他这么一说，张开了黑洞洞的嘴巴，争辩道："同志，我不是来要钱的，我是来存钱的。"男同事正不知怎么办才好，刚好有个客户进来了，把存折和一大堆钞票往窗洞一塞。结果，把老头挤到了我服务的窗口。

说心里话，我对老头也挺反感的，特别是他身上散发出的那股酸腐气味，实在让人无法忍受。但我刚到银行实习，和人家老职员不同。我不能因为自己不喜欢人家就把银行的顾客拒之门外：第一是怕影响自己前程；第二是出于职业道德。

　　"同志，你能帮我存一下钱吗？"看他样子挺可怜的，我瞟了他一眼，点了点头，老头长长叹了口气，激动地说："还是你们银行态度好，还是你们银行态度好！"想必，他被其他银行赶出来很多次了。老头一边说着一边哆哆嗦嗦从口袋里掏出一个小布袋。解开布袋口，把一大堆钱倒在柜台前的窗洞里。我一看，全是一毛五毛的破纸币和硬币。"同志，这是一百叁拾伍块陆毛钱。麻烦你点点？"我只硬着头皮从窗洞里把钱抓出来。把纸币和硬币分开，然后把同一金额的毛票归类、点数。足足花去半个多小时，才把钱全部点清，一共一百叁拾伍块陆毛钱。一分不差，我一点完钱，老人便把皱巴巴的暗红存折递了进来。我给他打印了一张进账单，递出去让他签名。哪知，他苦笑一声说："同志，我没念过书，一辈子也没写过字，你帮忙签个名吧！"我本来就被他那一大堆毛票给弄烦了，一听说让我给他签名，心里便有气，于是大声说了句："这怎么行呢，万一出了什么事我担当得起吗？""同志，这是干净钱，不会出事，麻烦你帮个忙儿！"老头急得眼泪快掉出来了。我正犹豫不决的时候，后面排队的顾客等得不耐烦了，在大厅里吼叫起来："喂，臭要饭的，要存快存，不存滚到一边去，别耽误我们时间！"老头一听，有点儿慌了神，忙用乞求的目光看着我，带着哭腔说："同志，帮个忙儿。"没办法，我只好翻了翻他的存折，看了看他的名字后帮他签了上去，然后让他按上自己的手指印。在按手指印的时刻，我才发现，他的双手抖得非常厉害，除了能勉强按上手印，根本无法写字，老头接过存折，看也不看，拄着拐杖便离开了银行，看着他摇摇摆摆的背影，我感到自己的态度有点过分。

后来，老头天天来存钱，有时几十块，有时上百块，都是零零散散的毛票。同事们都不愿接他的业务。我看他年纪那么大，赚点钱不容易，就再也没有为难过他。有时需要填个单签字什么的，我也顺手代劳。显然，老头也把我当熟人了，一到银行，就径直走到了3号窗口，小吴小吴地叫着。

那天中午我接班的时候，老头又出现了，他一见到我，脸上便有了笑意，说："小吴，我等你好久啦！""老伯，今天有多少钱存呀！"我整理好桌子，从同事手上接过各种票据和账本。"今天没钱存了，我是来汇款的，这是上次汇款时留下的存根。麻烦你再帮我填一份。我从窗口接过他的存折和夹在存折里的汇款单，就在我打开存折，取出一份汇款单准备给他填单的时候，老存单上的一行行字让我惊呆了，汇款单收款人一行醒目地写着财会学校捐资助学基金会。那个账号正是我们学校为贫穷学生开的常年接受社会捐助的公益账号。"

您就是雷红吗？我瞪大眼睛盯着眼前这位病弱的老头，难以置信，他就是捐助了我四年学费的神秘人物。

四年前，我考取大学的时候，因为家里贫困，根本没多余的钱供我上大学，我差一点失去了上大学的机会。学校知道我的情况后，就把一个叫雷红的捐助人的捐款专门捐助给我。他每年都捐助一名财会大学学生，坚持已有十余年了。学校一直在找雷红这个人，却无从下手。因为他的名字是化名，没想到在这儿能碰到。

"我叫赵功益，雷红是我的化名，汇款难道不能用化名吗？"老头看了看我，开始有点担心。

"能汇，化名一样能汇，"捏着那汇款单，我激动地站了起来。

"能汇就好，你那样看着我，我还担心汇不出去呢！"

"赵伯伯，您知道您这张汇款单和我有什么关系吗？"

"有啥关系？"老头有点纳闷了。

"我就是被您捐助的财会学校的学生中的一位啊！"

"是吗？"显然，老头也感到意外，眼睛瞪得像灯泡似的看着我。

后经确认，他就是我们学校一直寻找的那位神秘捐助人。而他自己，却一直以捡破烂为生。

发　糖

　　冯小佛赚了大钱，便在城里买了套商品房，选了个良辰吉日，把乡下的老父老母接了过来。

　　按照他们村的习俗和传统，像搬迁这么大的事情全村人应该给他们送礼，然后他们大摆筵席请全村人吃饭表示祝贺。问题是，现在他们刚刚搬进新居，全楼上下邻居并不熟识。在这种情况下请他们吃饭，显然不合适。冯小佛的母亲建议冯小佛去买些糖和几条好烟，给楼上楼下每户邻居分发，这样既保持了自己的传统和习俗，也尽到了自己的礼仪，还可以相互熟识，以便今后交往。冯小佛觉得母亲的建议很好，于是匆匆赶到糖果店和烟酒行，买了十几斤好糖果和两三条上等香烟。

　　冯小佛买的新房一共五层，冯小佛住在第五层。发糖果和香烟的时候，冯小佛决定从四楼开始，他觉得这样比较省力。母亲和冯小佛一人拎一个竹筐，下到四楼，敲开了四楼邻居的门。"请问，你们找谁？"防盗门内露出一张稚嫩的脸，小姑娘戴着一副眼镜，像刚上学的小学生，一看到陌生人，小姑娘显得非常紧张，冯小佛很友好地朝她笑了笑，轻声地说："我叫冯小佛，是你们楼上的邻居，刚刚从乡下搬过来，这次我们是来给你们发糖吃的，请你开下门好吗？"小姑娘犹豫了片刻，还是不想开门。但一看到满筐子的糖果，忍不住咽了咽口水。

"爸爸妈妈出门的时候说了，陌生人敲门绝对不能开的，现在社会上坏人可多了。如果你们是好人，就从门缝里把糖塞进来吧！"一席话，把冯小佛和他母亲弄得面面相觑，最后，冯小佛还是把糖果和香烟从防盗门缝里塞了进去。小姑娘一接到烟和糖，也不说声谢谢，砰地一下把门给关了。冯小佛和母亲哭笑不得地下到三楼。敲开三楼房门的时候，冯小佛依然满脸友好地笑着，轻轻地介绍自己："我叫冯小佛，是你们楼上的邻居，刚刚从乡下搬来，这次，我们是来给你们发糖吃的，请你开下门好吗？"三楼主人不在家，开门的是女保姆。尽管她满脸疑惑，还是把防盗门给打开了。小保姆见到冯小佛。第一句就问："你们不会是推销糖果的吧，现在上门推销的人太多了。他们一开口就说给我们送东西，等你接到东西，他们便向你要广告费车费。"冯小佛闻听，只好耐心地解释，反复地否认自己是推销员。这时，保姆才撩起围裙，装走香烟和糖果便闪进防盗门内，砰地一下，内外两扇门都严严实实给关上了。冯小佛母亲终于忍不住，很不痛快地问儿子："我们来给他们发糖，怎么大人小孩都这样对待咱们？"冯小佛只好回答："城里人都这样。"生气归生气，香烟和糖还是要发的，于是，母子二人又"噔噔"地下到二楼。二楼开门的也是位小孩，是一位戴红领巾的小男孩。冯小佛一见到他，依然背台词似地说："我叫冯小佛，是你们楼上的邻居，刚刚从乡下搬来，这次，我们是来给你们发糖吃的，请你开一下门好吗？"红领巾小男孩显然胆子大，二话没说就把防盗门打开了，只是接过两包香烟一大兜糖果后，他问冯小佛："叔叔，你这糖里面没放迷魂药吧，老师说了，现在社会上很多人把迷魂药掺在糖果和香烟里面拐骗小孩抢人的钱呢！"顿时，冯小佛噎得说不出话。

冯小佛怀着极其复杂的心情领着母亲来到一楼。一楼住的是位孤寡老人，见到老人，冯小佛依然耐着性子把该说的话都说了。老人听完，热情地把母子俩迎进去，又端茶又递水。冯小佛母子都很

积压的爱 ‖ 11

意外，感觉找到了自己的知音。显然，老人很孤独，见到冯小佛母子，像抓住了救命稻草，唠唠叨叨地说个不停。冯小佛还有事在身，不便久留。于是找了个借口，把剩下的糖果和香烟全发给老人，然后拽着母亲上了楼。

发完糖果和香烟，冯小佛长长叹了一口气，他觉得自己迈出了融入城市生活的第一步。哪料第二天早上他下楼丢垃圾，发现垃圾堆里撒满了花花绿绿的糖果，还有忽隐忽现的完全未开包的香烟。那些糖，都是名贵的糖，冯小佛过年过节也舍不得买来自己吃；那些烟，都是几十块钱一包的当地名烟，只有碰到特别喜事，冯小佛才会买上一两包，散给亲朋好友，自己顺便抽上那么一两支。冯小佛看到昨天散发的糖果和香烟都被无情地丢到垃圾堆，心疼痛起来。他"噔噔"地跑到楼上，把昨天发糖的竹筐拎下来，钻进垃圾堆，一颗颗地把糖翻了出来，装进竹筐内。

令冯小佛猝不及防的是，一楼孤寡老人失窃了。去派出所报案的时候，他提供的第一位犯罪嫌疑人便是冯小佛母子。"在城里住了几十年了，怎么会碰上这么好的事，认也不认识人家，人家就给你送半筐的好糖大半条名烟，原来他们是来我家踩点摸情况的。现在的盗贼可什么办法都能想出来啊！"一见到派出所的工作人员，老人便反复念叨。

结果，冯小佛母子被莫名其妙地传讯。但经派出所侦查人员核实，冯小佛母子无做案的可能，关了半天，就将他们放了。

经历这件事以后，冯小佛母亲说什么也不在城里住了。冯小佛也感到很无奈。既然父母都不在这儿住，他独自一人住在这儿也很无趣。干脆一咬牙，低价把房子卖了，和父母一起搬回了农村。

挑　夫

　　9 月份开学的那天，整个城市像着了火似的，太阳像要把马路烤化。蝉趴在浓荫密布的树丫上尖叫着，如一根根无形的针直刺人的耳膜。

　　大二物理系学生赵明一手拎一个大包从车站出来，沿着站西大道飞快地朝学校方向走去。后面跟着一位年近六旬的老汉。老汉上穿一件绿背心，下穿一条卡其系腰短裤，头戴一顶草帽，脚蹬一双农用草鞋。他挑着一个书箱和一大包生活用具一颤一颤地跟在赵明后面飞快地跑着，不时用围在脖子上的土黄色毛巾擦拭着脸和额角。其实，他全身上下都被淋漓的汗水给浸透了。

　　老汉仰起头时，远远就看到学校招牌。眼看离学校大门越来越近了，赵明却低下头一转身，拐进一旁的岔道。跟在后面的老汉见状，朝着在前面飞奔的赵明叫了起来："阿明，你是不是走错道儿了，学校大门就在前面呢！"许久，赵明才回过头朝老汉喊了嗓子，说："你跟我走就是啦。"样子显得极不耐烦。老汉再也没做声，只好转过扁担，一颤一颤地拐上岔道。

　　在站西大道远远就能看到学校飘扬的旗帜，一拐到岔道上，学校大门和高耸的教学楼全看不见了。老汉不知道赵明葫芦里卖的是什么药，正纳闷呢，却听到前面"嘟嘟"两声喇叭响。一辆黑色高级轿车在只顾低头走路的赵明旁停下来。随之，轿车后边窗户落下，探出一个漂亮的脑袋直朝赵明喊："赵明，你这是去哪儿呢？"赵明惊讶地抬头一看，正是班上女同学李娜。本来被太阳晒得黝黑的脸膛瞬间就红透到脖根，心也突突地跳了起来。赵明轻轻地回答："我回学校报到。"车上的女孩疑惑不解地看了看赵明，问："回学校你怎么不走前门啊，后门离这儿还有好几条街呢？"赵明一脸尴尬死气白赖地说："前门人太多太挤了！""你这人真奇怪，大轿车都进得去你走路怎么会挤呢？！呃，后面跟你的老头是谁呀？"李娜突然发现跟在赵明后面的老汉。李娜这么一问，赵明的脸刹那间变成紫肝色，他犹豫了一下，然后结结巴巴地说："他——是我请的挑夫！""哦，既然你请了挑夫，那我就不用车送你了。咱们明天学校见。"说完，李娜关上车窗，轿车一溜烟从赵明身边开了过去。看着远去的烟尘，赵明长长舒了一口气，抹了抹脸上的汗珠，也不回头看老汉，只顾继续往前赶路。

老汉在后面把他们的对话听得一清二楚。听赵明说他是他请的挑夫，老汉气得浑身直哆嗦。但他没做声，挑着担继续跟在赵明后面跑。

不久，他们就来到一个十字路口。信号灯变换时，赵明刚好横过马路。突然，身后传来一阵刺耳的刹车声，与此同时，伴随着一声凄厉的惨叫。赵明吓得打了个冷战，立即收住了脚步。

车辆纷纷停了下来，堵塞了大道。赵明愣愣地转过身，发现老汉被车撞得飞出老远，狠狠摔到马路中央，人已倒在血泊之中。

赵明抛下手中的包，发疯般朝老汉扑了过去，声嘶力竭地喊叫了一声："爸——"。

赚钱的绝招

　　那天下班回家，走到楼下的窗台前，发现上面放着一封信，我翻过来一看，上面是自己的名字，就塞进兜里带上楼。刚到门口，我掏出钥匙准备开门，突然，从楼下"噔噔"地跑上来一个人。他一见到我便上气不接下气地问："你是吴志强先生吗？"我惊诧地看了看对方，脸孔很陌生，迟疑了一下，说："我就是，你是谁啊？"来人急促地回答："我是出租司机，你老婆出车祸了，她给我地址让我回来告诉你叫你赶快过去。"这事来得太突然了，我有点无法接受。于是，让他再重复一遍。他很肯定地告诉我，我老婆出车祸了。这时，我才反应过来，吓得面如土色，惊惶失措地问："她现在在哪儿？"对方告诉我，我老婆在城南边郊的空军医院抢救。我纳闷，她在市中心上班，今天怎么跑到城南去了呢。司机还没等我开口提出疑问，便催促我下楼，说他的车就在楼门口等着。

　　我像做了场噩梦一般，脑子空空的就跟着司机上了车。

　　"我老婆伤得厉不厉害，她被什么车撞了，会不会有危险？"一路上，我发炮弹似地向司机发问，司机回答说："我也弄不清楚，我开车从迎宾大道路过，看她倒在血泊中没人过问，而肇事司机早跑了，所以就打110替她报了警，警察一到便将她抬上救护车送去了附近的空军医院。上车前，你老婆告诉了我你家地址，叫我赶快找你过去处理事情。好不容易才找到你家，幸好碰上你回来，要不然我真不知如何是好？"

"司机同志，请你开快点好吗？"我急得像热锅上的蚂蚁，恨不得立即飞到医院，看看妻子到底怎么样了，也无心听他叙述前因后果。

"已经加大油门了，再开快非出车祸不可。"司机指着车速表说。

出租车七拐八拐，经过半个小时的奔驰，终于稳稳当当停在了空军医院门口。

"我老婆她现在在几楼抢救？"我转过头迫切地问司机。司机连忙摇摇头，说他也不知道。于是，我迅速推开车门准备下车。不料，被司机一把扯住了衣服。

"吴先生，你看你还没付我来回的车费呢？"

"我急糊涂了。"拍了拍自己的脑袋，我从口袋里掏出钱包，抽出一张百圆钞票就塞给了司机，说："司机先生，这次真的谢谢你，耽误你生意，零头就不用找了。"说完，我失魂落魄下了车，冲进空军医院。可在医院上下问遍了所有的医务人员，他们都说没接过车祸病人，我怀疑是司机弄错了医院，又返回医院门口想找司机再问个明白，哪儿还能见到司机的影子，我发现空军医院不远处就是派出所，于是跑去派出所询问，可派出所人员连连摇头否认，说今天迎宾大道一带根本就没发生车祸。我正迷惑不解，这时，手机响了，电话是家里打来的，妻子催我回去吃饭。

"你不是出车祸了吗？"我惊讶地在电话中问。

"你才出车祸了呢！"妻子怒气冲冲把电话一挂。这声音足以证明她现在非常健康。

我知道妻子并没出车祸，而是揣在兜里的那封信闯祸了，是它暴露了我的姓名和地址，让我被煞有介事的出租司机骗去一百块车费。这还不够，我还得再从空军医院打的回去，这又得花三十多块钱。

这司机可真够缺德的，我心里暗暗骂道。

诱 拐

她已成功地拐卖了三个小男孩，眼前这个是她拐卖的第四个对象。凭她多年经验练就的火眼来看，这孩子最多四岁，而且刚刚丢失。她觉得有机可乘，便慢慢向目标靠近。她走过去，就像幼儿园里温和的阿姨。

"小朋友，你爸爸妈妈呢?"

小孩看了看眼前的女人，发现她和蔼可亲，于是就搭话了。

"我爸爸妈妈离婚了，后妈每天都打我，我现在准备去找妈妈呢，但找了好多天，都不知道她在哪儿。"说着说着小孩嘟起嘴，哭了起来。

"是吗?"她觉得机会来了，"那你爸爸呢，你不怕他找你吗?"

"他才不找我呢，他整天只知道打麻将。"

"让阿姨带你去找妈妈，好吗?"

"你认识我妈妈吗，她在哪儿?"

"当然，以前我跟你妈妈很熟的，她在很远很远的地方，要坐火车才行哦。"

"阿姨，那你带我去找妈妈，好吗?"说完，孩子紧紧抓住女人的手，扑进她怀里。

"好，我现在就带你去。"她觉得从来没有这么顺利过，有点欣喜若狂。

她迫不及待地扯着孩子就往车站方向走，来到一个公共厕所旁边，孩子嚷嚷着要尿尿。她看了看周围地形，觉得他没法逃走，才松开了手，放他去厕所，之后，她紧紧地盯着男厕所出口。

　　一分钟、二分钟，直至半个小时过去，孩子仍未出来。女人着急了，她以为孩子在厕所出了什么事，跑过去询问刚从厕所出来的男人。男人摇摇头，一个个都说未见厕所有那么小的一个男孩。

　　女人不信，径直闯进厕所一看，发现厕所空无一人，但墙上有一个洞，小孩刚好能钻出去。女人意识到事情不妙，本能地摸了摸自己的口袋，发现手机和钱包全不见了。

绝盗上演

那天，我正收拾新房。忽然，楼下传来一阵尖声尖气的叫骂声，我匆匆跑下楼，看发生了什么事。

在刚装修好的二楼西门口，站着一个精瘦的老头子和两个黝黑健壮的小伙子。干巴老头正跳起脚冲着门大骂不止。

"爹，人不在家，门还锁着呢！"

老头子顿时火冒三丈，吼了起来："这不孝的禽兽，不管爹娘，跑到这儿造他妈的宫殿来了。小二，小三，给我把门砸开。"两个小伙子听完，抡起榔头哐啷一声巨响，门给砸散了。

"好啊，没心没肺的东西！从小疼你抱你喂你宠你，把你白眼狼养活成人，如今你娘一身病，请大夫吃药没钱，你一个子儿不给，弄个小妖精藏到这儿享福来了，你娘都快死啦！你享福？我就叫你享福享福！小二，小三！站着干吗？把屋里的东西给我弄回家去！要敢偏向你们大哥，我就砸折你俩的腿！"

邻居们都跑出来围观，听老头子一通咒骂，明白了事情的原委。

我觉得不太对劲，老头子这通骂太耳熟了，好像在哪儿听过。想一想，我立即跑上楼，翻出《小小说选刊》，在第5期我翻到了这一段话——老头子和冯骥才的小小说《绝盗》里的老头儿骂的竟然只字不差。惊奇之余我拨通了110报了警。没几分钟，警察便来了，老头子和两个小伙子正七手八脚往车上抱东西呢，结果被警察——

扑倒扭送到公安局。

　　经审讯，老头子三人根本不是什么父子，都是蹬三轮的。由于蹬三轮车又苦又累不赚钱，几人经常凑在一起琢磨发财之道。老头子有点文化爱看报纸，一天在本地报刊看到转载的冯骥才的小小说《绝盗》后，大受启发，便纠集俩蹬三轮的同行，排练后登场上演了这出丑剧。不巧，他们栽到了我这个爱看书的人手里。

我在公司春风得意的日子

　　我上班的制衣公司有三百多个工人。别看公司不大，除了本地那个老板，数我最大，真称得上一人之下，三百人之上。除了钱不管，上上下下大大小小我什么事都管。毫不夸张地讲，我就是这家公司的中流砥柱，这家公司完全是我撑起来的。没有我，就没有这家公司的兴旺发达。不仅我这么认为，全公司上下员工都这样私下议论。当老板的面，所有客户也都这么评价。在公司我既然如此重要，当然我得跟老板提要求谈条件。他如果嫌我漫天要价，我马上就写辞职报告。我真这么干过，而且一离开就是几个月。结果，整个制衣公司一下瘫痪了。多年来，全公司三百多员工都听惯了我发号施令，就像表演的猴群，一换信号，那还不惊惶失措，如一盘散沙。最后老板不得不来找我，低三下四求我回去。因此，就算我提出分一半公司给我，他也得毫不犹豫地答应。但我没这么做，我还是念及旧情的。

　　别看今天我这么风光，员工爱戴老板器重。可我付出的心血和代价也是有目共睹的。我进公司之前，公司还不叫公司，是一个三十几人的家庭作坊。当时厂里条件很恶劣，有时连我们三分钱一道工序的工资都一拖再拖，搞得我们朝不保夕。八年抗战下来，除了老板没变，员工只有我一直跟随着他，随他在商场南征北战。这八年，老板一天比一天肥胖，原先竹竿似的他只有一百一十来斤，现在肥得跟一头猪似的，膘长到一百六十多斤。而我，刚进他的厂时，是众人瞩目的大胖子，自打从老板手上接过振兴该厂的接力棒后，我如一台日夜飞转的机器。几年下来，就磨损成现在这样了，众人背地里呼之为芦柴棒。弹指一挥，自己由一热血少年变成容颜苍老的男人，仅有的几年青春全埋葬在厂里浇洒到公司每个角落。我想我该好好考虑一下个人问题。不怕谁笑话，别看我在公司里呼风唤雨，在商场上左右逢源，可在情场依然是未发芽的处子。三十多岁了，还没交过一位女朋友。

老板看出我内心的失落，语重心长地找我谈话。

小吴啊，三十多岁的人，感情该有个归宿了。谁不想呢，除了工作，我做梦都在想这件事。可在对待女人这一方面，我真缺少经验，特别是遇到心仪的女孩，更不知所措。这样吧，我朋友有位女儿，大学刚毕业。这女孩我见过，长得很靓，身材也是一流的。如果你同意，哪天我给你们介绍介绍。我想，既然有这么一位好女孩，仅凭见一面介绍一下，肯定要失败的。一是我在这方面很木讷，二是我的形象不再青春高大。我唯一能表现出男子气概的时候是工作的时候。也只有那时候，是我最自信的时候。老板就是老板，看出了我的心思，说："要是你没把握把对方拿下，我想办法说服她到我们公司工作，你把她安插到自己身边，到时候，机会不就多了吗？"真不亏为泡妞高手，怪不得美女走马灯似的随他换呢？心思不花在商场全花到情场上了。不过，我还暗自庆幸，遇到一位好老板，能替手下想得这么周全，我还有什么理由不为他卖命呢？士为知己者死嘛。

不久，老板果然领来一位清纯可人的姑娘。她不仅脸蛋俏身段魔鬼，还会说一口流利的英语。一见到我，露出一脸的娇羞。而我则完全被她给迷住了。

我让她做了我的助理，而且，薪水开得和我一样高。老板看都没看，就把字给签了。

自从有了助理，我发现时间反而不够用了。我恨不得一天二十四个小时都和她单独待在一起。想想，跟她一起逛街跳舞泡吧，该是件多么快乐的事啊！

"经理，给我再请个助手吧，你看，我又要工作又要陪你，哪里有这么多时间和精力啊！"

我一想也是，干脆把她给解放出来。结果，她找来她表弟代替她的位置，并让我手把手地教他。我想，她迟早要跟我，她跟了我，她表弟也就是自己人了。既然是自己人，就放手让他干吧。刚开始，我的确担心他办事能力不济。后来发现，年轻人人缘挺好，不仅把全公司上下职工团结得像模像样，我给他介绍的每一位客人，他都能应付自如。看他办事利索，决定也果断，慢慢地，我把本该自己作决定的事都交给她表弟做了。而我，则完全沉醉于幸福的二人世界。起初，我还去公司打打卡，巡视巡视。后来，决定不上班了，只陪自己心仪的女人。因为她，我竟疯狂地爱上了打麻将，跳热舞泡酒吧。要是谁给我打电话谈公司的事，我就会不厌其烦，大声喝斥。我认为自己苦尽甘来，好日子才刚刚开始，没想到不知不觉走到了头。久未谋面的老板突然给我打来电话，让我到他办公室去一趟。一进门，发现我的助理也在那里。我以为年轻人做错了什么事让公司出了大纰漏，内心还挺紧张。不料老板话锋一转，说他准备退休，和太太一起去新西兰安度晚年。这让我大惊失色，忙问公司怎么办？他说公司仍继续开。我想他要把全权事务托付给我，想不到他用手指了指我旁边的助理，说："以后公司大小事务全权由他负责，他是我唯一的亲侄子。"当时，我感到天眩地转。马上想到了一锅温水，和在温水里畅游的那只青蛙，给我在灶底填柴的，就是我那位慈眉闷声不响的老板。

遭　贼

　　胡安和妻子正在床上安安静静地躺着，准备入睡。突然，听到大厅里嘎吱一声，门好像被人给拨开了，接着是一阵杂乱的脚步声，夫妻俩大吃一惊，意识到有人摸进屋子，而且还不止一两个人，他们明白，家里进贼了。

　　"我们该怎么办？"

　　妻子显然非常害怕，紧紧地抱住胡安惶恐不安地问。

　　"不用怕，我怎么说你就怎么应和。"胡安轻声地安慰妻子。妻子知道胡安是个机敏的男人，一想到他的机敏，妻子就稍稍安下心来，只见胡安轻咳两声，清了清嗓子，大声哀叹开了。

　　"唉，你看看，我们越来越跟不上潮流了。电视机十四英寸还是黑白的。图像模糊声音嘈杂，看着看着就想把它给砸掉算了。"

　　妻子也是机灵的女人，她知道丈夫在哭穷，让贼听了以后引不起偷的兴趣。因此，心里在一个劲儿地夸丈夫高明。为了和他有所配合，妻子也不时地插上几句。

　　"听说旧货市场一百块钱就能买到一台呢！"

　　胡安没理会妻子，只顾继续往下说："你再瞧瞧我们的洗衣机，老牌子单缸的，扔到马路上也没人捡了，城管人员发现说不定还要罚款。"

　　妻子见状，又插了一句："是啊，耗电不说，还不如手洗的干净。"

胡安再也忍不住，狠狠地掐了一下妻子，妻子马上会意，她说的完全多余。

胡安继续往下说："你再看，这么热的天，我们连台空调都买不起，还扇这破电扇。你再去看看我们对门，人家儿子出外打工一回来，就买了二十九英寸彩色电视机，带全套家庭影院。有海尔双缸全自动洗衣机，有排空能力强制冷效果好的立柜式空调，还买了电脑和微型摄像机。这些东西加起来，值十几万呢？我们这破房卖了也值不了那么多钱。这都怨你，早些年我说出去打工，你死活不让。现在一下岗，弄得穷到这种地步，让人讥笑吧，笑得你不敢出门了吧？"

胡安越说越投入越说越激愤，声音把整栋楼都震得嗡嗡作响。这时，妻子轻轻捅了捅无法自拔的胡安，悄悄地说："贼好像全走了，外面没动静了呢？"胡安这才清醒过来，一骨碌爬起床，蹑手蹑脚打开卧室的门，到大厅侧耳听了听，果然没了动静。于是，拉亮电灯，夫妻俩满屋一查看，门已锁好，桌上的黑白电视还在，单缸洗衣机没丢。夫妻俩这才长长舒了一口气，用桌子板凳严严把门堵死，以防盗贼返回来偷盗。然后，才安安稳稳回到卧室，相拥而睡。

第二天一大早，就从对面邻居家传来哭哭啼啼的咒骂声，胡安夫妇打开门往对面邻居家一看，发现他家新买才两天的各种电器全不见了。显然，被昨晚那帮盗贼全偷空了。

对面女主人见到胡安如同见了亲人一般，扯住胡安的衣角，一把鼻涕一把泪地向他哭诉起来。

"胡老弟啊，不知道的人还以为那些电器是新买的呢，其实，是我厚着老脸挨家挨户从亲戚朋友家借来的。左右邻居都知道，我那傻儿子都三十五岁了，打了十几年的工在外竟没赚回一分钱，连老婆也混不到一个，都嫌咱家穷啊。前几天，我儿子回来，终于有人

积压的爱 ‖ 25

给他介绍了对象，还答应过几天就把姑娘带到咱家来瞅瞅。听媒人建议，我跑断了腿费尽了口舌才借来十几样电器啊，姑娘还没来呢，电器昨天晚上却被人给偷空了。这千刀万剐的贼啊，让老娘以后怎么活哟。"说完，她一下子瘫坐到地上，发羊癫疯似的抽搐起来。

胡安夫妇见状，被眼前的情景吓呆了。

奇特的癌症

王老太一辈子养育了三男四女，现如今都成家立业，个个是腰缠万贯的小老板，按理说，王老太该享清福了。可王老太走到哪里都唉声叹气，说自己孤苦伶仃，无依无靠。其实，儿女们待她不错，自打父亲死后，看母亲在自己家中都住不习惯，七兄妹马上凑钱给王老太在风景宜人的花园小区买了套房供她住，并专门请了个保姆伺候她。因此，邻居们一听她唠叨，都说她在福中不知福。得不到旁人的理解，王老太感到苦不堪言。久而久之，便郁闷成疾。

儿女们一接到保姆的电话，纷纷放下手头上的事务，前来探望。才一个月没见，发现母亲竟变得骨瘦如柴，心里感到十分难过。以为母亲饮食不善所致，就大声喝问保姆，保姆见老太太病了，本来就心慌意乱。现在被小东家们这么一叱喝，吓得哭了起来，边哭边辩解："我也不知道婆婆会变成这样，半个月来她就喝得少吃得少。我想打电话通知你们，可她不让，说你们要来自然会来，今天我看她实在不行，才偷偷地告诉你们。"这时，王老太也微微地睁开眼睛，替保姆说话："你们别责怪她。保姆对我挺好，是我考虑你们事太忙，怕耽误你们，才没让她给你们打电话。"

车一到，兄妹几个人七手八脚把母亲送到附近一家老年医院。

刚开始，儿女们都以为王老太不会有什么大病，但当化验单一出来，大家都哭成一团，医生告诉他们，王老太得了血癌，而且是晚期。当天，王老太就住院了。晚上，大儿子就把兄弟姐妹召集到自己家里，开了一夜的家庭会议。一是商量母亲医疗费问题，二是商量怎样帮助母亲在医院度过生命最后这段日子，并列出轮流值班陪伴母亲住院计划。

王老太一住院，消息就像长了翅膀似的飞到亲戚朋友耳朵里，纷纷前来探望。在海外定居的弟弟听说王老太得了血癌，也不顾自己体弱多病，不远万里来探望姐姐。全世界都知道了王老太得了血癌，不久于人世，唯独她自己被蒙在鼓里，还以为是贫血。

化验结果出来后，主治医生就专门找过王老太几个儿女谈话，并告诉他们，血癌晚期病人会出现一些什么症状，需要怎样辅助治疗，奇怪的是，几个星期过去，王老太的病情不但没有像医生预测的那样逐渐恶化。相反，变得满面红光食欲大增。而且，对来看她的亲戚迎来送往做得十分周到，根本就不像有病之人。主治医生对这个血癌晚期病人的表现也大感惊讶，就建议复查一次。复查结果依然不变：血癌晚期。儿女们继续陪伴母亲住院，一住就过了三个多月。这三个月来，医院那间特护病房的门槛都被前来探病的人踏破了，王老太还没有半点快死的迹象。主治医生一见到同行，总"奇迹奇迹"地叫个不停。

好又好不了，死也死不掉，可总不能老这样耗下去啊，何况，兄弟姐妹七人都有各自的事情要做。于是，他们就去找主治医生商量对策。主治医生建议他们把王老太弄回家静养，医院每天定时派医生上门治疗，兄妹七人一听，觉得这个办法行得通。

虽然人在医院，但有亲戚朋友天天来看望儿孙绕膝地陪着她，王老太一天到晚脸上都是笑呵呵的，根本就不担心自己的病情。一听说出院，王老太的笑容马上僵在了脸上。

回到家中，情况果然不同，来看望她的人越来越少了。住院时，亲戚朋友都以为王老太不久于人世，才络绎不绝地看望她。儿女们也以为王老太活不久了，所以忍痛放下大把大把的钱没赚，整天陪她，尽最后一点孝心，现在都知王老太一时半会死不了，也就各干各的事去了。

没有人陪伴，王老太又忧郁起来，脸上没有笑容，没过几天，病情开始恶化，等儿女们办完手头上的事，再把母亲送到医院，王老太昏迷不醒，不久，便与世长辞。

牛仔裤风波

　　玉兰给丈夫买了条苹果牌牛仔裤，刚穿一回，在七楼楼顶晾晒的时候突然不见了。找遍每个角落，也不见牛仔裤的影子。玉兰断定，牛仔裤给人偷了，可楼上楼下有十几户人家，谁偷了丈夫的牛仔裤呢。玉兰琢磨了几天，也理不清头绪。

　　"丢了就丢了吧，可千万别怪错人。"丈夫大明回过头劝玉兰。玉兰也只好作罢，要不然怎么办？牛仔裤丢了，衣服还得晾。

　　有一天，玉兰上楼收衣服，因为衣服多，就没仔细一件件查看，便笼笼统统抱了一大团衣服回房。第二天早上正叠衣服的时候，突然，对门传来一个女人刺耳的咒骂声。玉兰仔细一听，才明白对面邻居家的衣服也被人偷了。具体什么衣服，女人却没骂出来。

　　眼看衣服叠完，玉兰忽然发现错收了一件衣服，而且是条苹果牌牛仔裤，和丈夫一个月前丢的那条一模一样。不同的是，这条牛仔裤没丈夫丢的那条新罢了。玉兰想：怎么这么巧，就收了一条苹果牌牛仔裤呢？玉兰疑惑不解，就把丈夫从大厅叫了进来，把错收的牛仔裤拿给他看。大明见状，马上说："一样的裤子商店里不知道多少。"连忙叫妻子把牛仔裤还给人家。

　　"那怎么行，如果她一口咬定我偷的，我怎么办，今后怎么抬头做人！"玉兰怕生事端。大明一把夺过玉兰手中的牛仔裤，说："你不还，让我去，我就说我错收的。"玉兰连忙拦住大明的去路，说：

"你去也不行，这条牛仔裤还不知是不是对门的。"大明说："先拿给人家看看，是就还给人家，不是再拿回来，无缘无故收人家一条裤子，心里总不踏实。""牛仔裤是我收来的，不踏实的是我，你给我，不关你什么事！"玉兰伸出手就去抢大明手上的裤子。大明不松手，夫妻俩就硬扯起来，"刺啦"一声，牛仔裤撕成两片了。玉兰看着大明，大明瞧瞧玉兰，两人各自捏着半边牛仔裤愣在那儿了。

"我去找人家问清楚？"大明把半拉裤子往地上一丢，倔强地出了门。玉兰一看，慌慌张张跟了出去。

对门的女主人还在哑着嗓子朝楼上楼下的邻居破口大骂，见玉兰和大明打开门探出头来，她立即收住了嘴。

"嫂子，你丢了一件什么样子的衣服？"

大明看对门的女主人骂得血脉膨胀气喘吁吁，心里很过意不去。暗暗埋怨妻子玉兰疏忽错收人家裤子，闹出此等事来。

对门的女主人瞟了一眼玉兰和大明，埋怨开了，说："现在真的世风日下，都是楼上楼下的，可有些人就昧着良心，偷邻居的衣服。兔子也不吃窝边草。这些贱骨头不骂骂他们，他们的手还会发痒。"

玉兰和丈夫当时就被她说得面红耳赤，但大明仍坚持问："嫂子，你到底丢了一件什么样的衣服？"

"哦，只不过一条牛仔裤，我丈夫穿的。"女人回答。

"那是什么牌子的呢？"大明继续问。

"什么牌子，这我倒没注意。"对门女主人刚说完，他丈夫就下班回家了。他看见门口站了好几个人，朝玉兰大明点点头，然后问自己妻子："发生什么事了？"女人一见丈夫回来，忙问丈夫："东根啊，你那条牛仔裤是什么牌子的？"

"哪条牛仔裤？"叫东根的男人显然有点丈二和尚摸不着头脑。

"你不就一条牛仔裤吗，昨天换的那条。"对门女主人有点不耐烦，突然提高了嗓门。

"那条牛仔裤不是你买的吗，怎么问我什么牌子。"东根回答。

"我什么时候帮你买牛仔裤了。"对门女主人叫道。

"那牛仔裤不是你买的难道是偷的，我从来没上过街给自己买过衣服。"东根从腋下取下公文包，朝屋内沙发上一丢。

玉兰一听，马上明白了怎么回事，连忙上前问对门的女主人："这么说，那条牛仔裤不是你们家的?"

女人疑惑地看了看玉兰，也一头雾水，反问玉兰："哪条牛仔裤不是我们家的?"

"你们丢的那条啊"，玉兰补充说。

这时，对门的女人才意识到刚才和丈夫争辩时说漏嘴了。忙不迭地说："你怎么知道我丢的牛仔裤不是我家的?"

"嫂子，我不是这个意思，我是说你可能错收了我家的牛仔裤。"

"错收，怎么错收?"玉兰那句话更把女人弄糊涂了。

"因为今天我就错收了你家牛仔裤了。大明，你把牛仔裤拿出来给嫂子看看。"

不久，大明就从屋内拿出一条撕成两半的牛仔裤。女人一看，马上叫起来："对，就是这条，我家丢的就是这条。"

"大嫂，我家一个月前也是丢了这样一条裤子。"玉兰补充说。

"妹子，你让我好好想想。哦，对啦，这条裤子可能是我收错了，当时我还认为是我丈夫自己买的，你看我糊涂的。"女人边说边敲着自己脑壳。

"我也纳闷，我年纪这么大，她怎么给我买一条小青年穿的裤子呢，可就是忘了问个明白"，对门的男主人见状，也凑上前解释。

玉兰和丈夫长长舒了口气，压在心头的那块石头总算落地了。夫妻俩相视而笑。

"嫂子，这半边裤子你就收着吧，我们夫妻争吵时撕掉的。留给你们做个纪念。"

"好好好。"女人接过玉兰递来的半边裤子，问："妹子，你叫什么名字，都做几年邻居，早想问你名儿了，可一直没机会！"

　　"我叫玉兰，我丈夫叫大明。"玉兰介绍着。

　　"大明兄弟，这是大哥的名片，今后有啥事，到水产局找我去！"叫东根的男人热情向大明递上自己的名片。

　　"幸好有这条牛仔裤，要不然，还不知什么时候能跟大哥嫂子说上话！"

　　大明拎着半条牛仔裤，一脸憨笑。

　　"那我们今后可要多来往！"东根伸出手，两个男人紧紧握在了一起。

画　展

　　阿 P 参加一位有名的画家的画展。在画展中心，摆着一张桌子，桌上摆有一块洁白的画布，画布上堆着一大堆鲜红的苹果。阿 P 发现，参观者买了门票后不认真欣赏画作，却围着苹果啧啧称赞："多么有创意的作品呀！"阿 P 见状，很不以为然，嘟嘟囔囔地说："不就一堆红苹果吗？早知道这样，就别买几十块钱冤枉票了，称几十斤苹果回家认真瞧去。"结果，这话让旁边的画家听到了，尽管他脸气得煞白，还是强行压抑自己的愤怒，质问："你懂艺术吗，不懂艺术别在这儿瞎掺和。这叫实物画，比任何画展画出的东西都有生命！"听画家这么一讲，围观苹果者便跟着起哄，纷纷指责起阿 P 不学无术。阿 P 一看，尴尬地捂了捂脸，画没看成，怄了一肚子气逃出了画展中心。

　　后来，阿 P 又进了一次画展中心，这次画展是朋友的朋友搞的，早上，朋友的朋友带他和他的朋友去参观刚刚装饰一新的展厅。刚进门，他又看见了一张桌子，桌子上摆有一块洁白的画布，画布上堆了一堆苹果。这次阿 P 感到展示自己眼光独特的机会到了，他突然走到苹果旁边，对着苹果夸张地叫了起来："啊——，多么有创意的作品啊！"

　　画家见状，惊讶地看了看自己的朋友，然后指着阿 P 的脊背问："你朋友是干哪行的，他看过画吗，怎么连画和实物都分不清？"

阿P的朋友一脸尴尬，语无伦次地回答道："他是开出租车的，可能眼睛有问题，哦，不，他可能忘了戴眼镜，他开车是戴眼镜的。"

画家傲气地点了点头，轻轻地"哦"了一声，便走到阿P面前，不无讥讽地说："伙记，这并不是什么艺术品，真正的艺术品全挂在墙上，这只是一堆快要腐烂的苹果，一堆用来吸油漆味儿的苹果而已。"

"是吗？"

阿P闻听，瞪大眼睛看了看画家，又转头看了看苹果，看完苹果又转回去看画家。显然，他对实物和艺术开始分不清了。

抢 劫

　　长途汽车驶进赣粤边界的崇山峻岭中，大勇被一阵刺耳的刹车声惊醒。几个疯狂的摩托车手把长途巴士围截到临近山谷悬崖的险要地段。大勇意识到，遇上打劫的了。果不出所料，还没等他从狭窄的卧铺上翻过身来，车门便被重器击开。四个黑衣蒙面者鱼贯而入。司机首先被撂倒在地。

　　"谁也不许动，识相的快把身上的钱都掏出来。"

　　四眼黑洞洞的枪口，在大勇和其他十多个伙伴的脑壳前晃来晃去。车上的人全被惊醒了，个个都吓得目瞪口呆。尽管如此，可是谁也不愿意把别在腰间大沓大沓的现金拱手让人。这些批发商贩你看看我，我看看你，把自己的腰捂得紧紧的。

　　"你，把钱掏出来，快点！"

　　一个右手拎着盅口粗的铁棍左手扳着把手枪的劫犯狠狠用枪口捅了捅大勇的脑门，叫嚣着，大勇不动，劫犯拎起铁棍照着他小腿就是一棍。大勇没法躲，捂着受伤的腿在卧铺上嗷嗷叫唤。此刻，他多么希望同伴能够出手反击啊，只要一个出手，其余十几个人一起扑上去，完全可以改变这种绝望的劣势。遗憾的是，平时称兄道弟的哥们儿，关键时刻噤若寒蝉。

　　"妈的，你是不见棺材不掉泪。"劫犯见大勇无动于衷，恼羞成怒，举起右手的铁棍对准大勇的脑袋就往下砸。大勇见势不妙，攒足了劲，一脚把整块车窗玻璃给踢飞了，纵身一跃，跳出车外，人们看见大勇犹如看到一块投进火炉的冰块，瞬间便被黑暗吞噬，一点声息也没听到。大家都清楚，巴士停靠的地方，就是山谷边缘。

"还有谁想往窗外跳的，我们绝不阻拦。"劫匪一个个暴跳如雷，发出一阵阵怪叫，听了让人感到毛骨悚然。大家一看匪徒疾眼了，害怕得一个个乖乖地解开腰包。

前后不到半个钟头，四个劫匪便把上上下下十几个男人的钱袋洗劫得一干二净。

听到摩托车嘟嘟地绝尘而去，大家才如梦方醒，慌慌张张下了车，寻找跳窗的大勇，找了半夜，没找着，大家都料定他摔死了，个个替他惋惜不已，有的还落了几滴泪。

"大勇也真蠢，明明知道是悬崖还往下跳。"

"你才蠢，真是平地，劫匪追下去不开枪把他打个稀巴烂才怪。"

大家你一言我一语，争论不休。不久，天就亮了，公安局派来大批刑警。一到事发地点，就展开营救行动。令大家想不到的是，大勇被找着了，而且活得好好的。原来，山谷的悬崖边长满了浓荫密布的大树，大勇往下跳时，被树挂在半空中幸免于难。

大家一听说大勇还活着，没有一个人为他庆贺的，反而都后悔自己当时没往下跳。

不久，大家被带到公安局协助调查，录口供。

"要是他们没有枪，我早出手把他们制伏了！"

"如果不是他们有枪，平时四个劫匪也近不了我的身。"

有人捶着桌子，有人拍板凳，一个个义愤填膺、咬牙切齿。只有大勇独自坐在一角，沉默不语。

不久，劫案告破，四名歹徒全部落网。他们做案用的枪械和凶器无一遗漏地缴获。经验证除了铁棍是金属外，歹徒抢劫时手持的四把手枪都是塑料做的。

都是烟头惹的祸

　　那是一个很大的纺纱厂，九叔穿过半里路长的纱堆才到达招聘办公室。该厂招聘保安员，薪水很诱人。去应聘的人特别多。九叔抵达招聘现场的时候，前面排了几十号人。无聊之余，九叔从兜里掏出香烟和打火机，悠悠然地把烟点着，吧嗒吧嗒抽起来，烟未抽到一半，却引起了工作人员的注意。只见主席台一位戴眼镜的小伙子把手一招："这位同志，你到这边来。"九叔不知道发生了什么事，忐忑不安地从队伍中站了出来，走到主席台前，戴眼镜的小伙用手往墙上一指问：这些警示语你认得吗？九叔抬头一看，发现上面写着："纱厂重地，严禁吸烟"。九叔立即把剩下的半截烟头丢到地上，用脚把它踩灭了。结果，雪白的地板被他踩得一团漆黑。这下，把工作人员惹烦了，绕过桌台，要请九叔出去。

　　"我给你们打扫干净还不行吗？"九叔哭丧着脸恳求着。

　　"不行！"工作人员的口气很强硬。九叔见状，上火了，嗓声提得老高："为什么不行，我不过弄脏了地板，凭什么不让我应聘？"

　　"这不是地板弄不弄脏的问题，而是一个人的修养和素质问题。"

　　"我素质咋啦，我修养比谁差？"九叔在办公室吼叫起来。工作人员见状，立即招来主席台上的同伴，把九叔轰了出去。

　　九叔气极了，蹲在纱堆旁边不肯走。

　　"你们不让我抽，我偏抽。"九叔堵气从兜里抽出香烟和打火机，把烟点起来，塞到嘴里一阵猛抽，一分钟不到，一支指头般长的烟就被他消灭了。此刻，他才通体舒坦，感觉出了口恶气。随手把剩下的烟蒂往旁边一甩，站起身，大步流星就准备离开纺纱厂，还未等他走近大门，后面就有人尖叫起来："不得了，纱着火了。"接着，便听到一阵杂乱的脚步声，九叔闻听，吓出一身冷汗，想起自己刚才丢掉的那截烟蒂，"哎哟，我怎么气糊涂了。连烟蒂也没踩灭。"九叔狠狠地用拳头敲打自己脑袋，转回身狂奔到出事地点。

火已烧掉了一个纱堆，第二个纱堆也被点燃，眼看火苗如条毒蛇就要扑向第三个纱堆，周围的人除了尖叫就是不停地向后退。九叔见状，立即冲到纱堆后面，拧开水阀门抓起巨大的橡皮水管向第二纱堆扑了过去，阻止火势向第三个纱堆蔓延。显然，靠九叔的一根水管无论如何也扑灭不了如此大火，眼看火苗沿着纱堆就要将纱堆后面的九叔包围，救火车疾驰而至，十几分钟后，终于将火扑灭。而九叔和那根水管却被深深地埋在纱烬之下。经大家极力寻挖，把他送到医院抢救，才幸免于难。

九叔醒来时，已被推出急救室，躺在特护病房。他一睁开眼就听到一阵热烈的掌声，病床四周围满了人。面且他身边的床台上摆满了水果和鲜花。

"邓阿九同志啊，我代表党，代表国家，代表全厂所有职工向你表示感谢，你不仅挽救了国家财产免遭更大的损失，你那种奋不顾身的精神值得我们全厂职工学习啊。"

一位干部模样的中年人紧紧握住九叔的手，久久不肯放下。不仅如此，九叔还发现人群外围有人扛着摄像机不断向他瞄准，其中还有位漂亮的女子手握着麦克风穿过人群缝隙向他床边挤，有好几张嘴巴向他提出些莫名其妙的问话。

"面对火舌，你当时是怎么想的。"

"你并不是该厂工人，为什么置身不顾冲到最前面，你考虑后果了吗?"

"你是来应聘保安的,但厂里并未打算要你,而且工作人员和你发生争执,在这种情况下,你为什么还奋不顾身去挽救。"眼前发生的这一切,都让刚刚洗脚上岸的农民九叔感到不可思议。

其实不可思议的日子还在后面,第二天一大早,全省各大报纸头版刊发了九叔的专题报道,各频道电视、电台不仅报道九叔的救火事迹,还号召了所有职工和市民向邓阿九学习。大街小巷都贴满了向救火英雄邓阿九学习的标语。九叔一出院,便被厂长亲批招用,不仅解决了工作难题,还专门送了他一套价值十几万元的房子。解决了住宿的问题。

九叔明明被厂里招为保安,但领导天天安排他到各企业演讲,接受报纸、电台、电视台采访九叔不知道怎样回答,领导便专门安排秘书给他写稿,稿上的字念不来,就把他关在办公室里像教小学生般学习。

刚开始,九叔还欣喜若狂,领导叫做什么就做什么,叫说什么便说什么,时间久了,九叔便厌倦了,特别是他忘性大,经常在台上念错字。于是,台下有人起哄,讥笑他,用烟头丢他,那时他就感到自己像只被人牵着耍把戏的猴子。

前思后想,九叔决定放弃工作和房子,卷了卷铺盖,两手空空回了农村,他本以为一切都太平了。可一回到家,连铺盖带人都被老伴给摔了出来,儿子、女儿指着他的鼻子说他犯了神经病,村里的人都知道九叔的奇遇,他一回来,都说他中邪了。

九叔真不明白,去城里打趟工,怎么个个都对他这样了呢。

九叔发誓,以后决不再抽烟了,他认为是那个该死的烟头害了他。

面子与恶气

那是一个阳光明媚的上午，到处一遍平静祥和。

小杨和女友丽娜去逛公园，他们骑马照相、划橡皮船、玩高空飞轮、看人蛇表演。直到下午，两人才手牵手兴致勃勃地离开公园。走到门口，女友丽娜觉得有点口渴，便走到一个冷饮摊前，向冷饮摊贩要了一盒冰激凌。小杨见状，就捏着钱包上前问价。摊贩伸了伸大拇指和小食指，说："六块钱一盒！"小杨如同被蛇咬了一口，惊讶地叫起来："六块，我家门口才卖五块五毛钱呢！"摊贩立即解释："那是你家门口，这儿是公园，公园要交各种名目繁多的杂税。不信你去问问，这种冰激凌到处都卖六块钱一盒。"小杨懒得听他唠叨，尽管感到脸有些发烫，还是说："老板，我看还是便宜些吧，伍块捌毛怎么样？"摊贩见无法说服他，一改温和口气坚决地说："不行，六块钱少一分也不卖，这种东西从来就没听人讨价还价的。"小杨见对方一点面子不给，也上火了。气呼呼地把钱包往口袋里一塞，转身就命令女友道："丽娜，冰激凌咱们不买了，还给他。"女友在旁边惊讶地张着嘴瞪大眼睛看着他，表示对男友这种做法难以解释。也无法接受。小杨为她买东西一向毫不犹豫的，而且从不与别人讨价还价。今天仅仅为了两毛钱，竟和摊贩闹得面红耳赤，她当然感到有失脸面，一听到男友气呼呼地命令自己把冰激凌还给摊贩，她的脸上再也挂不住了，狠狠把冰激凌往冰柜上一丢，转身甩头离去，

"这冰激凌还给你！"小杨也不注意看一眼，转身就去追女友。不料摊贩老板一把抓住他衣服，说："喂，你这样就想跑，冰激凌已吃了一口，你让我把它卖给谁？"小杨回头一看，发现七色冰激凌果真被挖了一个月牙坑。"冰激凌我是不买了，这样吧，我补你一块钱！"小杨说，摊贩老板一晃脑袋，态度更加坚决地说："不行，谁会买吃过的东西。我啃一口再便宜一块钱卖给你你会要吗？""那你想怎么着？"小杨从没和人红过脸，这次他把眼睛鼓鼓地瞪圆了。摊贩见状，声音和动作也粗鲁起来，吼道："冰激凌你要不要我不管，六块钱一分也不能少。"小杨被弄得脸紫唇青，倔劲上来了，也大声对吼："冰激凌我不要，你爱卖谁卖谁，伍块捌毛钱在这儿，我一分也不多给。"说完，小杨哆哆嗦嗦地掏出零零碎碎一把零钱丢到冰柜上。摊贩人不怎么高大，脾气却极其倔强，给他台阶他也不下了，只见他用力把小杨衣服紧紧一攥，横眉立目地说："再补两毛，否则别想离开这儿。"对方都三四十岁了，小杨还是位二十出头血气方刚的小伙呢，如何受得这种鸟气，只见他高吼一声，像匹挨了刀的战马凶狠地扬蹄子一般扬了扬手臂。摊贩一点准备没有，被甩了个趔趄，咕咚一下，摔倒在大马路边的排水沟里。这一下，小杨捅马蜂窝了。只见摊贩从污秽不堪的泥水中爬了起来，如同红了眼的饿狼朝着小杨便扑了过去。两人你一拳我一腿，昏天黑地地厮杀起来。刹那间，好事的路人像潮水一般围了过来，里三层外三层，把交通都堵塞了，这些人不仅不上前劝架，反而议论纷纷，呼叫着吹着口哨起哄，仿如看一场免费的格斗比赛。

　　打架斗殴的结果可想而知，摊贩的冰柜被小杨给打翻了，牛奶果汁顺着排水沟肆意横流，摊贩的五官被打挪了位，额头上肿起一个鸡蛋大的包，走起路来一瘸一拐，不成体统。小杨更惨，眼镜被打飞了，眼眶肿得老高，只见眉毛不见眼珠。门牙被打落两颗，嘴巴歪着。几千块一套的西服被扯成碎条，穿在身上，状如多年行讨的乞丐，皮鞋弄丢了，脚被冰柜翻出来打碎的瓶碴子割破，鲜血直流。

幸好有位好心的老太太打了110，警察赶到才把这对生死相缠的仇敌分开送往医院，打完针包扎好伤口立即被带到派出所录口供。

"你为什么非卖六块钱，少赚两毛钱不行吗？"警察问摊贩。

"我只赚了两毛钱，不赚钱我起早贪黑守在公园门口干什么，风吹雨打，日晒尘裹的。"摊贩依旧满嘴不服气。

"现在可好，冰柜坏了，冰激凌也化了，医药费也花了，弄得人不成人鬼不像鬼的，你开心吗？"警察半讥半笑教育说。

"大不了今年钱白赚了，也要出这口恶气！"摊贩喃喃地说。这时，警察把脸转向小杨，问他：

"你呢，为什么非得伍块捌，多给两毛不行吗？"

"我钱包当时只剩伍块捌毛钱，多一分也掏不出了。"小杨有点懊丧。

"没钱你就敢吃人家的冰激凌？！"警察惊讶地看了看他。

"那是女友咬的，我不知道。"小杨低下头说。

"你女友呢，她身上连两毛钱也掏不来吗？"警察迷惑不解。

"要她掏钱，那我多没面子，再说，我也没告诉她我兜里的钱不够！"小杨突然仰起头来，声音也高了几倍。

"你是不是觉得眼眶肿得看不见人丢了两颗门牙以后才面子十足呢？"

小杨闻听哑口无言。

当天下午，两人就被派出所放了出来，不过，家人各自帮他们交了一千块钱罚款才得以脱身。

房子问题

他老伴过世早，给他留下三男四女。眼下，该嫁的嫁，该娶的娶，都有自己的家室。

刚开始，他轮流在三个儿子家住。但他性情古怪，总觉得和儿媳合不来，干脆打扫打扫一下自己的老屋，搬回他和老伴生前一起居住过的一室一厅里，并请了一位年轻的保姆伺候。

起初，他倒觉得海阔天空自由自在。可住久了，他发现自己和年轻的保姆之间很少有共同话语，自己唠唠叨叨想说些什么总没人听。渐渐地，他就有了寂寞之感。一感到寂寞的时候，他就拨通儿女们的电话，希望他们带着自己的爱人和孩子经常来玩一玩。可儿女们在电话中老显得那么急促匆忙，几乎千篇一律地回答说："爸，您看您房子那么小，我们全家去后连坐的地方都没有。这样吧，端午节放假我一定接您来我家住和咱们到时好好聊一聊。"说完，对方毫不犹豫就把电话给挂了。

捏着话筒，老头思索良久，自言自语地说："六十个平方的确小了点儿，老大一家五口，老二有四口……全部加起来得几十口人呢！"他产生买套大房子的念头，可翻翻存折，里面仅有十万块存款，买一室一厅还勉勉强强。他一辈子也不喜欢求人，更不用说伸手向儿女们讨要了。他感到自己还没老，身体还棒，可以做些力所能及的事情。因此，当天辞去照顾他的年轻保姆。第二天一大早就骑上自行车穿梭于大街小巷的职业介绍所之间，功夫不负有心人，他最终还是找到一份美差，在某建筑工程公司任技术指导，每月工资二千块，比他退休金多两倍。老头掐指一算，这样一年下来，有二万五千块钱的收入，他预计卖掉老房加存款加退休金和工资，不超过三年，便可以购买一套四室两厅的大居室，到时候，几个儿女带着爱人和孩子们轮流到他家住没一点问题。一想到三年后儿孙绕膝的情景，老头激动不已，老当益壮，工作更加踏实卖力了。

三年很快过去，老头终于实现了自己的愿望，他在老房附近买一个四室两厅的大套房，并且装修得舒适宜人。备感孤独之际，便一一拨通儿女们的电话，希望他们带着自己的爱人和孩子经常来住一住，可儿女们在电话里急促匆忙依旧，强行按住自己的不耐烦说："爸，这是什么年头啊，哪儿能抽工夫陪您闲嗑，现在把我分成两半时间也不够用，您看，又有业务电话来了，有话过年再说，过年我再不食言，一定接您到我们家里来住，咱们到时再聊，Bye－Bye。"说完，对方啪嚓一下把电话给挂了。老头捏着话筒，呆若木鸡。

房子变大了，老头更感到孤独寂寞了。

积压的爱

女人失业了。

丈夫说："你就在家待着吧，爱干什么就干什么，想上哪儿上哪儿，赚钱的事你就不用操心了。"

女人知道，就算不失业，那几百块钱工资也只够自己买一件衣服或一瓶香水。家里的开销，全是丈夫的收入。有丈夫的收入，工作不工作对家里没多大影响，但女人就是待不住。吃大锅饭吃惯了，重新去找份工作帮人家打工，苦一点累一点倒无所谓，就是受不了那份气。于是和丈夫商量，想自己开一个服装店来经营。丈夫二话没说，径直奔银行把毕生积蓄取了出来，帮她在繁华路段租了个店面。一经装修好，生意便开张了。

刚开始，亲戚朋友远近熟人都来捧场，还真热闹了一阵子。等这些人一走，店门前便显得门庭冷落鞍马稀。没了生意可做，天天又有那么多开销，这点本钱能亏多久呢？女人着急了，开始茶饭不思，夜不成眠。

丈夫知道，妻子第一批货没进对路，这样继续下去，肯定弄得新货不敢进，旧货又出不去，耽误商机，延误时间，到时想挽救也挽救不了了。于是，他向一要好的朋友借了一笔数目不小的款，托他想办法收购妻子店里所有滞销的服装，并再三嘱咐他，千万别把这件事告诉他妻子，以免增加她的心理压力。

店里的货一卖出去，女人就用这笔钱进了一批新款服饰。这一次她把握得相当准确，所有品种全部脱销。

渐渐地，女人的服装生意蒸蒸日上。不久，便着手开起了分店。几年后，她经营的服装店开到城市的各个角落，女人成了一位名副其实的富婆。

人要是有了钱，不管是男的还是女人，对爱情和婚姻的看法就会发生变化。女人也不例外。如果说丈夫以前在她眼里是支柱、救世主，那么，现在丈夫不过是可怜虫是个没用的草包。她开始在意丈夫没能力让自己生儿育女，在意他生活死板缺少情趣，在意他在机关混了十几年仍是个让人呼来喝去的科员……她想到了离婚，也想到了找一个年轻英俊懂得浪漫的小白脸做情人。不久，这些愿望还真实现了。女人提出离婚时，丈夫竟没半句怨言便哆哆嗦嗦在离婚协议书上签了字。

女人开始深信不疑，自己这一切完全是金钱所赐，是金钱帮她改变了附属的命运。

不幸的是，女人和丈夫离婚还不到半年，正当她美滋滋梦想着再一次做新娘时，她的小白脸情人卷走她所有进货巨款带着她手下一个年轻漂亮的女会计跑了。丢失了货款，断了货源，服装店生意再也无法运转。不久，女人的店纷纷关门停业。辛辛苦苦创下的基业，顷刻间化为乌有。

女人想到了死。在死之前，她想见前夫最后一面。前夫仍像以前一样，还是一个科员，仍然拿着每月千余元的薪水。他看见前妻，眼中仍平静如止水，没有恼怒没有怨恨。说话时语调还是那样和蔼可亲，不急不躁。

"你还记得你第一次进的货吗？"

"我永远也忘不了。"女人说。

"它现在还压在我朋友的货仓里。"

女人眼睛瞪得像电灯泡似的，一脸都是惊讶。

"我那些衣服是你——托人——买了？"

男人点点头，继续说，现在你可以想办法把它处理掉，卖出来的钱不会有很多，但也许能帮你从头开始。

听完，女人已泣不成声，她"哇"地一声孩子般扑进前夫的怀里。这次，她听从了前夫的话，决定从头开始。

那几年，在路上我常会碰到一位推三轮车的中年妇女走街串巷推销她的积压货。当她重整旗鼓，把服装分店再一次开到城市的各个角落，已是十年以后的事了。这时，女人老了，她的前夫已病逝。但他的名字却家喻户晓，广为流传。

因为在女人开的每家分店的门楣上，都醒目地刻写着这个男人的名字。

缺氧的婚姻

男人不小心娶了一位自己并不怎么爱的女人，在现实面前，他无法放弃这桩婚姻。但他也没像其他男人那样自暴自弃或搞婚外情。他把全部精力投入到事业当中，希望从事业中找到心灵慰藉。因此，他变成一个工作狂。

其实，嫁给他的女人很贤惠，特别是在生活上，对他照顾得无微不至。但男人缺乏爱的知觉，往往对她的付出视而不见。男人虽然对她不离不弃，但她能明显感受到自己丈夫心底的冷漠。这让她觉得十分地痛苦。

她是爱丈夫的，特别仰慕他横溢的才华。她当初答应嫁给他，并不是因为他年轻英俊，而是因为他学识渊博，才华横溢。她本以为在一起生活几年，便能慢慢改变他对自己的态度。可真正生活在一起，她发现，丈夫周身像焊了一层坚硬的钢壳，她根本无法渗进去。被冷落太久，她想到了离婚。但当她把自己的想法袒露给男人听的时候，他显然感到非常惊讶。

"难道我对你不好？"男人迷惑不解地问。

"不不，你对我非常尊敬！"女人连忙否定。

"难道你不爱我？"男人问。

"我非常爱你。"女人回答。

"生活得好好的，为什么要离婚呢？"

女人也答不出来。她答不出原因，男人当然不和她离婚。

后来，她跟丈夫商量生个小孩。丈夫也没异议，只是不停点头说："生吧，生吧。"其实她明白，自己一旦生了小孩，这辈子就注定要和男人这样过下去，但她又害怕后半生备受丈夫的冷落。她对自己的婚姻前景失去了信心，他不知道丈夫究竟有没有爱过自己，她很想考验一下她的男人。

她托熟人从医院弄来一张得肝癌的化验单，填上自己的名字。在晚上吃饭的时候，她鼓起勇气，把它交给了丈夫。男人一看署有妻子姓名的化验结果，大惊失色，脸色苍白。

第二天，男人匆匆跑到公司请了假，到银行取出所有的积蓄，并到售票点买了两张去上海的飞机票，他要带妻子去最好的医院治疗。女人做梦也没想到丈夫会有这么激烈的举动，会这么紧张自己，她感动得恸哭流涕。但面对自己的谎言，她又不知道如何收拾残局。就在丈夫匆匆忙忙要扯她上飞机时，她道出了事情的真相。男人闻听，脸都气绿了，一回家就呼哧呼哧吼着要和她离婚。女人扑通一声跪到丈夫的脚下，保证以后好好跟他过日子，再也不惹是生非了。看着妻子一副可怜巴巴的样子，男人心软了下来，重重叹了一口气，回到自己卧室，关上门一天一夜没出来过。

自从经历这次风波以后，男人对妻子的态度更加冷淡了，这使女人深感绝望。最后，女人孩子没怀上，却积郁成疾，卧床不起，到医院一检查，真的患了肝癌，而且是晚期。

躺在病床上，女人长长舒了一口气，喃喃自语：我终于可以解脱了。男人听后，泪如雨下。

偷鞋风波

强子媳妇在院墙上晾了一双运动鞋，那鞋是强子舅舅回大陆探亲时从台湾带来的名牌货。强子不舍得，仅仅穿了一回。为了防止鞋掉到隔壁仇家寡妇莲莲的院里，强子媳妇特意用鞋带绑到树丫上。

收鞋的时候，鞋不见了，找遍各个角落，也不见鞋的踪影。于是，强子媳妇爬到院墙上往寡妇院子里瞄，结果一无所获。她意识到鞋被人给偷了，怀疑是寡妇莲莲干的。

她本来就对寡妇莲莲恨之入骨，原因是强子没娶她前和寡妇谈过恋爱，当时在村里闹得沸沸扬扬，最后是强子娘以死相挟，强子和寡妇莲莲才没谈成。表面上，强子再也没有和那个骚货来往，可强子媳妇时时刻刻都感觉他们在眉目传情。因此，她对丈夫盯得非常紧，就怕出点差错。今天鞋不见了，她正好借这个机会指桑骂槐地咒骂一通，出出心中久憋不下的怨气。

有一天，强子媳妇到院外倒垃圾，正好碰上寡妇往家里领男人。强子媳妇一看就认识，那是村东头的光棍，莲莲的新相好——地瓜。她别的地方没注意，就是瞅见了光棍脚上那双鞋，那不是强子前几天丢失的台湾鞋吗？强子从地里一收工，她就把这事告诉强子，强子大怒，骂道："你可别冤枉好人，那鞋城里到处都有的卖。"

强子一骂，强子媳妇便蔫了，心里堵了个大疙瘩。虽没能走上去瞧清楚，但她认定那双鞋就是强子的。因此，她在村庄上逢人必说：寡妇偷了强子的鞋给野汉子穿。这种桃色新闻在村里很具有生命力，不久，全村闹得沸沸扬扬，每人都知道此事。渐渐地，那些风言风语传到了莲莲的耳朵里，莲莲再也沉不住气了，找到强子媳妇大声质问："谁偷你家的鞋了？到处瞎说你缺不缺德？"强子媳妇心里早就窝着火，寡妇一上门，强子媳妇更加咬定就是她偷了强子的鞋。两个女人争得面红耳赤，越骂越狠。强子媳妇骂不过，就恶虎般地扑了过去，扯住寡妇莲莲的头发便把她按倒在地。强子媳妇人高马大，弱不禁风的寡妇显然不是她的对手。强子媳妇拳脚齐上，打得寡妇莲莲嗷嗷直叫。"我叫你偷我的鞋，我叫你到处勾引男人，臭婊子……"

强子家院门口围满了乡亲，不但没有上前劝架的，还有人不停地叫好。得到观众的支持，强子媳妇越打越高兴，越踢越痛快，最后竟发狂地去扒寡妇莲莲的衣服。

一小孩感到事情不妙，一溜烟地跑到地里去通知正在干活的强子。强子一听，丢下锄头就心急如焚地往家里跑。强子回到家，扒开人群一看，寡妇莲莲已被媳妇扒得一丝不挂，浑身到处青一块紫一块，下身还滴滴答答地躺着血，正蜷缩成一团痛苦地呻吟着。强子一看这种情况，心中顿时燃起一团无名怒火，二话没说，拎起媳妇伸出大掌就给了她两个耳刮子。女人被打得两眼直冒金星，向后连退几步，扑通一下摔倒在墙根。

强子惊惶失措地帮寡妇穿好衣服，头也不回抱着她往医务所跑。医生用手探了探寡妇的鼻息，匆匆给她止了血，连忙催促强子送她上县医院，强子听医生这么一说，也吓慌了神，知道媳妇闯大祸了。

他也来不及通知光棍地瓜，向医务所借了点钱，抱起寡妇莲莲一口气跑到大马路上，搭车就往县医院赶。幸好，他们村离县城不远，不到一个小时，便把寡妇莲莲送到县医院的急救室。

在急救室门前，强子如热锅上的蚂蚁，搓手顿足地叫着媳妇的名字，大骂不止。就在这时，地瓜汗流浃背地赶进医院，他一见到强子就抓住他的衣领反复地质问："你两口子咋这么欺负人，你两口子咋这么欺负人！"强子理屈地低下头。

"我早知道你没安好心，这破鞋你拿回去，我不穿。莲莲要是有个三长两短，你们今后也没好日子过！"地瓜气呼呼地脱下脚上的鞋，往地下一扔，然后把强子不停往外推，强子被迫退到医院门口，有点茫然不知所措。

强子和地瓜从小一块长大的，感情胜似兄弟。只是后来强子结婚，强子媳妇嫌弃地瓜，经常从中作梗，他们才慢慢减少了来往。地瓜也正因为家中一贫如洗，三十多岁了，仍旧打着光棍。还是强子从中撮合，寡妇莲莲才和他好上了。在地瓜和寡妇莲莲恋爱期间，强子一直在经济上偷偷地接济地瓜。强子舅舅从台湾带来的那双运动鞋，就是强子背着媳妇送给地瓜的。强子根本想不到媳妇会因为一双鞋，把事情闹得这么大。他觉得自己没管好媳妇，对不住莲莲和地瓜。

一个多钟头过去了，诊室的门才缓缓打开，强子一个箭步蹿了进去，抢在地瓜前面抓住医生的袖子，迫不及待地问："她不要紧吧，她怎么啦？"

"你们别紧张，她已渡过危险期，大人是没问题了。"

"医生，你是说他肚子里的小孩有问题？"地瓜一把掀开强子，双手不停颤抖，面部肌肉抽搐不已。

"孩子是肯定保不住了，她实在被踢得太厉害了。"地瓜听完，扑通一下瘫倒在地，孩子般呜呜地哭了起来。强子听后，吓得魂飞魄散，他做梦也没想到，莲莲已经怀孕了。

寡妇莲莲只住了一个星期，便康复出院了。出院以后，强子媳妇一直提心吊胆，她害怕寡妇莲莲和地瓜来报复自己。可过了半个月，也不见隔壁有什么动静。等传来寡妇和地瓜准备结婚的消息，她才暗暗松了口气。就在这时，强子突然冷冷地向她甩出一份离婚协议书，要她在上面按手印，强子媳妇死活不同意。一直拖到莲莲告别寡妇生涯和光棍地瓜结婚那天，强子独自一人悄悄离开家去沿海打工了。强子一离开，强子媳妇便有点疯疯癫癫，她逢人便说，寡妇莲莲偷了她家的鞋。

只是这时，再也没有人相信她了。

汤 面

那时，他还是一位高二的学生，满打满算才十七岁。她刚分到该中学当老师，年纪也不大，仅仅二十二岁。他是她的学生，她是他的英语老师。

他在全年级英语成绩最出色。全县要举行一次学生英语口语大赛，他被选中了，她负责补习他的课外口语。

白天，他要正常上课，而她也要正常备课，只有晚上，她才有时间为他辅导、补习。因此，比赛的前半个月，常常可以看到一个瘦瘦高高的男生在吃完晚饭后，抱着一大摞书准时出现在教师校舍门前，等她的英语老师出现。直到午夜时分，男生才拖着疲惫的身子从她单身宿舍走出来。而她总会出现在家阳台上，目送他消失在浓浓的夜幕之中，才转身回到房里，轻轻把门关上。

男孩其实在第一次看到来上课的英语老师时就深深地暗恋上她。他很想引起她的注意，因此，在英语课上他下的功夫特别多。她没来教他们之前，他的英语成绩很一般。她来教他们半年不到，他的英语成绩突飞猛进，每次考试，他的英语成绩都全年级第一。这样一个学生，自然深得英语老师重爱。每次他来她宿舍补习口语，稍稍晚点，她都会为他做顿夜宵。说是夜宵，其实是一碗汤水面。男孩以前从不吃面的，但老师为他煮的面，他觉得是世界上最美味的东西。不管她煮多少，他总连汤带水，吃得碗底朝天。

他吃面的时候，她就静静地在一旁看着，她喜欢看她的得意门生那副狼吞虎咽的样子。那种感觉很微妙，有时会让她兴奋得一夜睡不着觉。

功夫不负有心人，全县英语口语比赛，他得了第一名。当然，她功不可没，学校为了鼓励她，给她涨了一级工资。而他，第二年被保送到上海一所名牌大学读外贸英语专业。

上大学以后，还和高中英语老师有书信往来。后来，她告诉他她有男朋友了，是本县教育局工作的一位干事，并把那位干事的照片寄给他，让他提提建议帮忙参考。接到这封信，他捂着被单在被子里偷偷地哭了一夜。从接到那封信开始，他再也没有给她回过信。不久，他也找了一位女朋友，是他的同班同学。毕业后，他们一起留在了上海工作，并结了婚。结婚后的他是幸福的，妻子不仅能干而且贤淑，眼看他生日到了，妻子问他，你想吃什么，我给你做。他想也没想，说："你给我煮一碗汤面吧，很久没有吃过面了。"妻子感到很惊讶，说："我还以为你讨厌吃面呢，从来不敢买面条。今天是你生日，怎么想到吃这东西哪？"说归说，妻子还是噔噔地跑下楼去附近的超市买面。

面一买回来，还没用半个小时，妻子就给他把面煮好了，油露露香喷喷的，连汤带水满满给他端了一大碗。男人吃了一半，就觉得肚子被填满了。妻子见他放下筷子，很紧张地问：这面，不好吃嘛。男人不想扫妻子的兴，假装打了个饱嗝，说中午要是吃得不饱，他会连汤带面一起吞进肚子。其实，他觉得这面作料放得太多，吃不出原来的面味儿。不知不觉，他怀念起高中时英语老师给他煮的那一碗碗夜宵面。她变得怎么样了，过得还好吗？他突然产生回母校去看看她的冲动。

他再次见到她时，她已是两个孩子的母亲。原先的芳华已逝，梦中的青春不在。眼前见到的是一位粗声粗气训斥着自己孩子的肥胖中年妇女。他很难从这样一个女人身上找到学生时代的记忆了，陌生感油然而生。

他的英语老师要请他到附近的海鲜酒家去吃海鲜，结果，被他拒绝了，他说：你就给我煮碗面吧。女人的丈夫极力反对，说：你大老远从上海赶回来看你老师，怎么能让你吃面呢。他拽起他就往外走，说要和他好好喝上两盅。最后，女人把丈夫阻止了。"噔噔"地下楼去买面。

女人买回来的还是十年前的那种粗面。水一烧开就把面从纸筒抽出来，下到锅里，然后放了一勺盐，挖了一勺猪油，洗了几根葱把它切成葱花撒到汤面上。面很快煮好了。女人给他和丈夫都满满盛了一大瓷碗。

面还是原来的面，女人还是那个女人，做面的方法还是原来的方法，可面条吃到嘴里，再也找不到十年前的那种味儿。仅仅吃了一半，他就觉得难以下咽。

"吃不完就别吃了，我给你做点别的东西吧。"

她看见他吃面的表情和以前完全不对了，不忍心让他再吃下去。但男人都很要面子，他强行把剩下的半碗面填进了肚子。没想到，胃不和他合作，他一站起身，它就把他强行灌进去的汤汤水水挤了出来。"哇"地一下，面渣和汤水吐了满地。他真不明白，让他怀念了十几年的汤面，今天会让他把面子丢尽了。

"你怎么买这种劣质面，现在吃坏了学生的肚子你高兴了。"女人的丈夫气呼呼地把自己吃剩的大半碗面倒进了厕所，顺手捎来一条湿漉漉的毛巾给他递上。女人没有理会丈夫的埋怨，找来拖把打扫起地板。女人的丈夫见女人不理自己，也就没再做声，而是拽起她的学生咚咚地下楼进馆子去了。

第二天一大早，他就乘上了回上海的列车。在火车站告别的时候，英语老师塞给他一包整整齐齐的东西。列车开动后，他小心翼

积压的爱 ‖ 57

翼地撕去封纸，里面露出一大沓发黄的信封。他给她写的每一封信，她都完整无缺地给他保存着。打开那一封封久违的信，他仿佛又回到了十几年前的某个夜晚，英语老师正忙碌地给他煮着热气腾腾的汤面……

家进"情敌"

　　一下班，小丽路过菜场时顺手买了点菜就匆匆回家准备做饭，刚开门，便和一个艳丽的女子撞了个满怀，结果，菜撒了一地，小丽也吓了一跳，待定下神来，小丽惊讶地问陌生女子："你是谁，怎么会在我家里？"艳丽女子站稳后，很快镇定下来，用一种奇怪的眼光上下打量着小丽，神气十足地反问道："你又是谁，怎么会有我们家的钥匙？"小丽一听此言，感到莫名其妙："我是谁？我是这家的女主人！"说到"女主人"三个字时，小丽音调特别高。哪知对方冷笑一声，不屑一顾道："别臭美了，将来谁是这家的女主人还说不定呢。怪不得我未婚夫那么讨厌你，原来娶了个又老又丑的婆娘。"小丽仔细一听才明白过来，这女人原来是自己老公带回来的。听口气，和老公关系还不一般。顿时，她感到全身的血在倒流，不由得一蹦三尺高，厉声吼了起来："这是我家，我决不允许不三不四的女人留在这儿，你给我滚出去。"女人见状，把长发往后一甩，毫不在乎地应道："滚就滚，过几天我就叫他跟你去办离婚手续，看你还神气多久。"

　　此刻，门外围满了上下楼的邻居，他们见陌生女子气呼呼冲出来，马上闪开一条道。该女子下楼后，众人才议论纷纷，指责邻居男人和陌生女人的不是。

　　再说小丽，见陌生女子走远，也不往屋里看看，捂着脸瘫坐在地上伤心地恸哭起来，边哭边大叫命苦，有好事的邻居见此情景，进得门来劝导小丽，众人你一言我一语，小丽哭得更厉害了。

"小丽，你家卧房怎么翻得乱七八糟的？"

一位好奇的邻居忍不住往卧房直瞄。小丽一听，马上止住了哭声，慌慌张张从地上爬起来，冲进卧房一看，傻眼了，卧房的防盗网因为没上锁被人打开了，自己放在梳妆台上的手机、手表、项链和一瓶进口法国香水不翼而飞。这时，小丽才明白过来，家里进贼了。等她和众邻居大喊大叫地追到楼下，陌生女子早消失得无影无踪。

秋莎之死

  国庆节那天，老姑娘秋莎终于戴上了男友保罗为她买的第一枚钻戒。

  当对方含情脉脉地把闪烁着白光的绿芯钻戒套到她指间的一刹那，老姑娘秋莎热泪盈眶。为了这枚迟来的钻戒，和父母艰苦抗战了十年，熬过了多少个不眠之夜。为了这枚钻戒，男友保罗十九岁那年就离她而去，直到二十九岁才回到秋莎身边。最终，还是苦尽甘来。十年的痴候换来应有的回报，再煎再熬她也感到值得。话又说回来，要是当年自己父母不坚持向保罗要这枚价格不菲的戒子，恐怕永远得戴那个小铁匠打的铁戒子并为他拉一辈子风箱打一辈子铁。想到这儿，她又暗暗感激父母，为她争取了今天的幸福。

  和保罗在公园的长椅上一阵昏天黑地地拥抱和热吻后，秋莎目前最迫切的，也是近十年来最迫切的愿望，就是让现仍站在清冷的十字街头声嘶力竭地吆喝着卖烤红薯的父母亲眼看看自己亲生女儿戴上这枚"价值连城"的钻戒时幸福模样。同时向他们证明自己并不是像他们整天唠叨的那么傻，而是目光远大，与众不同。

  当秋莎姑娘兴奋地把这个决定告诉向她求婚的白马王子时，保罗脸上的笑容和幸福立即收敛起来。

  "难道你还记恨我父母当初没答应把我许配给你吗？"秋莎不无忧虑地问。

"不，不，不是……"保罗一听说秋莎要他和她一起去见她父母，心有余悸。

"那你为什么不愿见他们？"秋莎嘟着嘴，尽量复制十年前的模样娇嗔地问。

"我，我怕……"保罗还是惶惑不安。

"怕什么，我再也不是十七八岁的小姑娘了。我现在可以自己做主，愿意嫁谁就嫁谁。再说，事情都过去十年了，以你现在的环境和经济状况，他们决不会再有什么偏见的。"秋莎见心上人疑虑重重，有点着急了，一改刚才慢条斯理的温柔口吻，如装满子弹的冲锋枪对着保罗一通猛射。

"我还是怕……"保罗仍犹豫不决。

秋莎见状，"噌"地一下从保罗怀里挣脱出来。软绵绵的一只小绵羊转眼变成一只准备扑食的豹子。

"别怕，要是再不答应我们的婚事，大不了和他们断绝关系，我就当没有过这种父母。"忍耐了十年的火山，终于喷发了。

面对信誓旦旦的秋莎，保罗再没了任何托词。

"那你，你在这儿坐一会儿，我去对面街上买些水果。"

秋莎见保罗答应了，兴奋地扑上来，在保罗脸上狠狠啃了一口，然后深情地一推，说："去吧，随便买几斤苹果，别让我等得太久。"保罗点点头，忐忑不安地离开了。

一个小时溜走，两个小时溜走，老姑娘秋莎直望得两眼昏花，也不见情郎归来。正当她准备离开长椅去找保罗时，只觉得眼前一黑，两只眼睛被一双铁手严严地箍住。右手戴戒子的无名指被人掰直，接着火辣辣一阵疼痛。等秋莎意识到自己遭劫并大呼抓强盗时，两个陌生的背影慌慌张张消失在人来人往的人流之中。顿时，秋莎如摊烂泥瘫倒在公园的长椅上。

保罗一手拎着一袋水果姗姗归来。他一见到秋莎，马上明白发生了什么事。秋莎见保罗回来了，哭哭啼啼拉着保罗去报案。

保罗显得很无奈，摇摇头说："没用的，算了吧，大不了我再出去打几年工，再为你买一枚。"

"不，我一定要把戒子找回来，我再也等不了十年了。"

秋莎一把推开保罗，声嘶力竭地往派出所方向狂奔，保罗见状，丢下水果要去阻拦，可怎么也追不上秋莎。

立案的第三天，派出所就把案子给破了，而且人赃俱获。据两位劫犯交代，他们是受人指使的，审问的人就问是谁，他们供出了保罗。更令秋莎痛断肝肠的还不是这个，而是保罗说花了八万块钱买的那枚钻戒，竟然是从地摊上花八块买的假货。

保罗入狱的当天，老姑娘秋莎就跳楼自杀了。至死她都想不通，心上人为什么用假钻戒来骗自己而又指使人抢回去。后来，有人问保罗，保罗也只是涕泪长流。

爱的极致是宽容

女人有了外遇，要和丈夫离婚。丈夫不同意，女人便整天吵吵闹闹。无奈之下，丈夫只好答应妻子的要求。不过，离婚前，他想见见妻子的男朋友。妻子满口应承，第二天一大早，便把一个高大英俊的中年男人带回家来。

女人本以为丈夫一见到自己的男朋友必定气势汹汹地讨伐。可丈夫没有，他很有风度地和男人握了握手。之后，他说他很想和她男朋友交谈一下，希望妻子回避一会儿。女人遵从了丈夫的建议。站在门外，女人心里七上八下，生怕两个男人在屋内打起来。事实证明，她的担心完全是多余的。几分钟后，两个男人相安无事地走了出来。

送男友回家路上，女人禁不住询问："我丈夫和你谈了些什么？是不是说我的坏话？"男友一听，止住了脚步，他惋惜地摇摇头说："你太不了解你丈夫了，就像我不了解你一样！"女人听完，连忙申辩道："我怎么不了解他，他木讷，缺乏情趣，家庭保姆似的简直不像个男人。"

"你既然这么了解他，你应该知道他跟我说了些什么。"

"说了些什么？"女人更想知道丈夫说的话了。

"他说你心脏不好，但易暴易怒，叫我结婚后凡事顺着你；他说你胃不好，但又喜欢吃辣椒，叮嘱我今后劝你少吃一点辣椒。"

"就这些?"女人有点惊讶。

"就这些,没别的。"

听完,女人慢慢低下了头。男友走上前,抚摸着女人的头发,语重心长地说:"你丈夫是个好男人,他比我心胸开阔。回去吧,他才是你真正值得依恋的人,他比我和其他男人更懂得怎样爱你。"

说完,男友转过身,毅然离去。

这次风波过后,女人再也没提过离婚二字,因为她已经明白,她拥有的这份爱,就是最好的那份。

情　殇

　　男人做钢材生意亏了，欠了一家私人公司巨额货款。为了逃避这笔债务，男人决定和女人秘密离婚，并把仅剩的十几万元存款全部给了前妻和女儿。为了不连累她们母女，男人则卷了卷被褥，远走他乡。

　　其实，这一切都是男人导演的一场戏。男人在外面有了女人，而且这个女人就是他的债主。这个女人是有丈夫的，但自和外面的男人好上以后，就开始在丈夫的公司大肆敛财，拼命做假账。丈夫十分信赖她。公司一切事务都交给她打理，趁此便利，不到一年工夫，便把整个公司掏空了，然后申请破产。他丈夫辛辛苦苦创立十几年的钢铁销售公司就此销声匿迹。不久，女人找了个借口和男人离了婚，携着巨额贪污款和情夫双栖双飞。

　　两人离家后，在一个繁华的大都市建立了自己的爱巢。买了房，买了车，过起无忧无虑、纸醉金迷的生活。刚开始，两人还恩恩爱爱，如鱼和水，整天缠绵在一起。时间一长两人都感到这种生活单调厌倦了。双方协议好，白天各找各的乐趣，晚上共枕缠绵。于是，女人开始找伴逛街、打牌、上美容院美容。男人则游游荡荡，出入声色场所。日子久了，两人便有点貌合神离。每天晚上虽然还睡在一张床上，但都打起自己的小算盘。特别是女人，在麻将桌上又认识了一位麻友的丈夫，两人开始互递秋波、暗度陈仓。男人对此毫不知情，后来就算有所觉察，也睁一只眼闭一只眼，因为他在外面已认识不少妙龄少女，而且个个都以身相许，面对如此艳福，他都感到无力——消受，一位半老徐娘，怎么能让他吃醋。

纸终究包不住火，两人还是对对方的行为心知肚明，毕竟双方都已成熟，经历过诸多变故和事端。最早，是女人找男人谈话。她坦白了自己的私情，并心平气和提出和他分手。男人听后也异常平静，他也厌倦了这种尔虞的情感生活。

"财产怎么分？"这是男人目前最关心的，毕竟，两人没到政府机关登记注册。

"一人一半，咱们好合好散。"女人很爽快，大手一挥，便把男人和自己的界限划分得清清楚楚。

男人当然同意，而且对女人心存感激，因为，出来时，他没有带进过一分钱，全是女人从前夫肚子里掏出来的。

男人没了女人的管束，感到生活更加幸福。女人没了男人的羁绊，偷情更加刺激。

俗话说，坐吃山空。不久，男人和女人分得的钱都如同流出去的水，花得一干二净。最要命的是女人，她在一次体检中被院方查出患上了世纪绝症艾滋病，绝望之余，割腕自杀了。男人幸免一难，但也穷途末路。这时，他想起了自己的前妻和女儿。悔恨之余，回到阔别已久的家。

前妻和几年前一样，早上送女儿上学，回家后打开楼下的店铺经营日用百货。生活没什么改变。唯一改变的是额头上面增添了几屡皱纹。他见到前夫，一点也没感到吃惊，而是久久凝视了一段，然后跑上楼为他开锅做饭。饭桌上，男人一把鼻涕一把泪地述说着自己的悔恨。前妻静静地坐在他旁边，认真地聆听他的忏悔。

"阿敏，你原谅我吧，我们从头开始！"

前夫"扑通"一声，跪到前妻脚下，女人仰天长叹一声，泪水哗哗地流了出来。许久，从贴身口袋里掏出一个东西。男人一看，是本存折。

"这是你临走前留下的，我分文未动，现在你拿去吧，希望你能从头开始。"

男人哆嗦着从前妻手里接过存折，哽咽着问："你为什么不肯原谅我，为什么不肯和我复合，毕竟，我们有一个共同的女儿啊！"

女人没有回答前夫的话，而是把自己关进卧房，呜呜地哭了起来。男人抹了抹泪痕，准备离开，不想，刚下楼，便碰到两个人。一个是他女儿，一个是死去情妇的前夫。

阔别多年的两个男人四目相对的时候，他长大的女儿正攀着他情妇前夫的脖子，不停地叫着爸爸。

离　婚

　　他毕业分配到银行工作不久，便和一位大他三岁的老姑娘草草结了婚。从心底讲，他是不喜欢她的。但他迫切想留在省城工作，不甘心读了十几年书以后，又分回到穷乡僻壤的老家。他既无富裕亲戚，也没有当官的朋友，只和她相熟，也只有通过她，他才能找到留在省城工作的路子。因为她父亲在省教育局当干部。他之所以能安安稳稳坐在环境舒适的银行办公，全靠她父亲从中斡旋。当然，他也必须为此付出代价。

　　她各种条件都不错，身材苗条，温柔善良，又有本科学历，家境自然比他强很多，只有一点遗憾的是，在她清秀的五官之间，长满了密密匝匝的麻子。就是因为这一点，才轮到他攀龙附凤，找了个干部家庭出身的妻子，让他有了厚实的靠山。也仅仅是因为这一点，结婚几年来，他都不曾和她手牵手上过街，他总觉得带上她有点抬不起头。

　　经过几年的努力和打拼，他一步一个脚印，由普通职员晋升为科长，由科长升主任，最后竟变成了支行的行长。混到这步，威望甚高的岳父大人在教育局也退休了，他倒有点官高位显，觉得不再需要依赖他人，也顺应潮流找了位私人秘书。当然，这位秘书是位女性，是他精心从大学里弄过来的。

　　该秘书论起来身材一般，性情并不怎么温和，学历比他妻子也低，家境还不如他毕业时好。但有一点，她的脸蛋好看，光洁得没有一粒麻子。就这一点，让他如痴如醉，奋不顾身。秘书做着做着，就成了他情人。情人做久了，对方自然也想要个名分，博个明媒正娶，便怂恿他和妻子离婚。他只迟疑了一下，小秘书立即杏眼圆睁，噌地一下，不知从哪儿抽出一把锋利的水果刀，刀尖倒不是指着他，而是指着她自己白嫩的颈脖。他当时吓得脸煞白，不停地点头说："离离离，我现在就和麻脸婆离婚去。"

话说得容易，可真要离起婚来，他却感到沸水泡活猪一般疼痛。他刚刚启口说离婚，妻子便狠狠给了他两记耳光，斩钉截铁地说："想离，除非我死了。"这句话让他万念俱灰。但第二天，小秘的电话又打了过来，她简直是在话筒另一头歇斯底里地吼叫：限你三天，三天离不成，三天之后你准备好棺材为我收尸。他明白，小秘性如烈火，说到做到。

为了不把事态进一步扩大，他扑通一声，抱住妻子的腿，声泪俱下地求着："老婆，念在多年夫妻的情分上，你就饶了我和我离了吧，钱和财产统统给你。"但他妻子比他意志更坚定，嘿嘿一阵冷笑："你别做梦了，只要我还有一口气，你们这对狗男女就别想得逞。"这一下，他彻底绝望了。

第四天，他刚准备去上班，手机响了。小秘的妹妹打来电话，说她姐姐服用了大量的安眠药，现正在某家医院抢救。他接完电话，吓出一身冷汗，冲下楼打的就往医院跑。

他一到急救室门口，小秘的父亲兄妹便围了过来，对着他就是一顿拳打脚踢。要不是保安及时赶到，早被小秘的家人给揍扁了。

不久，小秘被医生从急救室推出来。幸好家人发现得及时，把她从死亡边缘拉了回来，但小秘的家人并没有因此就饶恕他，小秘的大哥是在黑道上混的，满脸横肉，浑身刀疤。他拎小鸡似的把他拎了起来，下了一道死命令："限你一个星期内赶快和那麻脸婆离婚，娶我小妹，否则，让你白刀子进红刀子出。"他知道，小秘全家都不吓唬人，他们都是说到做到的"好汉"，如果离不了婚，只有死路一条，可要蹬麻脸婆又谈何容易。

"管他妈的，里外是个死，死之前老子痛痛快快玩一下。"

愁闷无法排解，他去了夜总会散心。醉眼蒙眬之余，他包了间房找了位小姐陪宿，寻找到肉体欢愉之后，他把自己的苦闷全说了出来。结果，三陪小姐给他出了个绝妙的主意。

第二天，他就从在医院上班的朋友那儿弄来一份特殊的血液报告，说白了，就是托朋友从医院伪造了一份"艾滋病"病验报告。

这一招果真灵验。尽管麻脸婆妻子一脸怨恨，最终还是在离婚协议书上签了字。

离了婚的他就如同飞出鸟笼的鸟，他激动万分地捏着离婚协议去了小秘家，当着小秘父母兄妹的面下跪向小秘求婚。小秘也觉得苦尽甘来。当天就建议和他去办理结婚手续，以免夜长梦多。

但第二天，他们去取婚检结果，血液科的医生却一脸严肃地告诉他，他的 HIV 皆呈阳性。省防疫站已经证实，他患上了世纪绝症——艾滋病。

医生一说完，他当时就昏倒在地。

项链风波

那天早上，老关头提溜着笼子准备去公园遛鸟，走到珠宝店附近，突然想到一件事。前段时间，老伴居委会刘大姐六十二岁生日，她丈夫送给她的礼物就是在这家珠宝店买的一挂项链。为了这项链，老伴天天在自己耳边唠叨，说刘大姐戴上那挂项链后就是与众不同，又漂亮又高贵。有几次老婆子到公园找他吃饭路过珠宝店，还小模小样地挽起老关头的胳膊把老关头往珠宝店里拉，非要他对这挂项链发表一点儿意见才行。当老关头试探性说掏钱买一挂时，老婆子又火烧屁股一般把他往珠宝店外面拉。边走边叮嘱，真要是买了这挂项链，马上和他急。老关头心里明白，老伴儿钟爱那挂项链是真的，嫌贵舍不得花钱更是真的，为此，闹得老关头犹犹豫豫，想买又不敢给她买。

上次她扭伤了脚，老关头心疼老婆子，就买了瓶昂贵的虎骨酒回来给老婆子喝。结果，酒没开封，老关头被骂了个狗血淋头。为此事老婆子气得一整天没吃饭。现在花上万块钱去买一挂项链，老婆子知道了，岂不要大口吐血。因为有这种顾虑，老关头一直怀着有爱心没爱胆的心理窥视着。不过话又说回来，老婆子除了对自己出奇地吝啬外，对老关头和孩子都不错。自从十五岁嫁到关家，跟了老关头整整四十五年，风里来雨里去，任劳任怨，从来也没跟老关头要求过什么。以前，因为儿女多家里穷，老关头任何东西也没给老婆子买过。现在儿女都大了，各自成家立业。老关头自己多少也有点积蓄，总想着给老婆子一点补偿。眼看老婆子都过六十大寿了，要再不下决心帮她买点什么，撒手西归后，就留下终生遗憾了。想到这儿，老关头感慨万千地转身折回家，趁老婆子出去买菜之时，悄悄把私自存的存折从箱底翻了出来。把鸟笼一放，他热血澎湃地跑到银行把钱全取了出来，一溜烟跑到珠宝店，也不多问，径直把老婆子经常指给他看的那挂项链买了下来。

　　怀揣着项链回家时，老关头冷静下来。老关头一冷静，心里便七上八下直打鼓，摸不准老婆子看到项链后会是什么反应。走到家门口的时候，老关头停住了脚，开始后悔自己一时的冲动，没经老婆子同意就贸然把项链买了。特别是想起"虎骨酒事件"，老关头有点害怕了。可这东西买都买了，不能够退，更不可能丢，怎么办呢，他低着头在走廊里抓耳挠腮地走来走去。过路的邻居见他这样，以为他在找东西，便关心地问："关伯伯，丢东西了？"这句话倒是提醒老关头了。对呀，我为什么不说是捡来的呢！反正我一辈子也没买过这么贵重的首饰，说捡的比说买的她更容易相信。于是，老关头轻轻下了楼，在楼下做了一点运动，然后装作很急促的样子到自家门口拍门，老婆子买菜回来，她一开门老关头便慌慌张张地掏出那挂项链，神秘兮兮地说："老婆子，我捡到一挂项链。"他以为老婆子会十分惊喜，没想到她很镇定地接过项链仔细瞅了瞅问："在哪儿捡的，是不是菜市场的路上？"老关头一时编不出地方，便连连点头，说是。

　　"哎哟，天哪，幸亏你捡着了。"

　　老关头听得迷迷糊糊的，不知老婆子说的是哪茬子话，还没等他回过神来，老婆子风风火火连拖鞋都没换便急匆匆下楼去。等老关头觉察到事有蹊跷再追到楼下，老婆子早已没影了。

约莫过了半个钟头，老婆子从从容容容光焕发地回来了，手里还捧着一袋橘子。

"哎哟，老婆子，你跑哪儿去了，把我急死了。我给你的项链呢?"

"幸亏你捡着了，要不刘大姐这一万多块还真丢没影了呢!"

老关头更糊涂了，久久反应不过来。只一个劲儿问："项链呢?"

"是这么回事，今天我去买菜时刚好碰上了刘大姐，在菜市场我看见她的项链挂在脖子上好好的，买完菜回去她就一把鼻涕一把泪打电话来说她的项链丢了，把我也给急坏了。幸亏你捡着，我把项链还给她了。"

"啊……"

老关头一听，瞬间背过气去。

一张假币

　　小汪本是农村姑娘，经人介绍，在城里给一对教授夫妇做保姆。

　　那天，教授出门早，教授夫人的钱刚好用完，便顺手取下教授挂在墙上的衣服，从教授的口袋里掏出一张伍拾元钱吩咐小汪去买菜。

　　小汪接了钱一下便跑楼下肉摊上买肉。把肉挑好称完，小汪就把钱递了过去，肉铺老板接过钱，又照又摸又抖，琢磨了半天，还是满脸狐疑。他叫小汪在肉摊上稍等，自己则拿着钱跑到后面的杂货店去了。不久，肉铺老板气喘吁吁地跑了回来，并把钱塞回给小汪，说钱是假的，小汪不信。

　　"不信，你拿钱到杂货店柜台上用验钞机验验。"

　　肉铺老板这么一催促，小汪连忙放下肉和菜篮子，一溜小跑进了杂货店，把钱往验钞机一塞，果然，验钞机拼命地叫唤开了：请注意，这张是假币，请注意，这张是假币……

　　小汪手触电一般把钱从验钞机里抢了出来。她怎么也不会想到，堂堂的教授夫人，会给自己一张假币来买菜。

　　结果，肉没买成，惹来一阵讥讽。

　　小汪六神无主地提着空篮子往回走，走到楼口，她打住了脚步。心想：不行，我不能提着空篮子回去，要是教授夫人不承认这事，那岂不是把关系闹僵。好不容易进了城，不能因为区区伍拾块钱失去这份工作。想到这里，小汪掏了掏自己的腰包，发现还有几十块备用钱。于是，重新返回菜场，把该买的菜全买齐了。余下的几块零钱，一分不少还给了教授夫人。

中午教授夫人下班回家，一进门就把正做饭的小汪从厨房叫了出来。

"小汪，这几天你是不是缺钱花？"

看着教授夫人一脸严肃的神情，小汪有点丈二和尚摸不着头脑。

"没有啊，我一向都不缺钱花。"

"你既然不缺钱花，为什么用假钞去市场买菜？"

小汪低着头，一声不吭，教授夫人见她不说话，便认定她理亏心虚，本来细小的声音变得粗大了。

"你知不知道，用假钞是犯法的。也影响了我和教授良好的声誉。"

小汪满肚子不服气，心想：还假高尚呢，明明那张钱是你给我的，现在倒打一耙，变成我的不是。于是，轻蔑地哼了一声。教授夫人一瞧，大为恼火。大声质问起来："假钞谁给你的，必须把这事给我交代清楚？！"

看教授夫人气势汹汹的样子，小汪也忍不住了，委屈地吼了起来："那钱不是早上你给我的吗？"

"我——给——你的？！"

教授夫人怎么也没想到，保姆竟敢把这事推到自己头上，这无疑是打自己一巴掌。一时，血冲脑门。指着大门厉声吼了起来："你马上离开我家，我不想请一位满口谎言、心术不正的孩子做保姆。"

"离开就离开，教授就可以冤枉人？"

小汪委屈地跑进自己房间，气嘟嘟把东西收拾收拾，扬长而去。

小汪出门不久，教授回来了，他一进门就发现家里气氛不对，忙询问坐在大厅沙发上发呆的妻子。

"你这是怎么啦，小汪呢？"

"走了"，教授夫人也没好声气。

"走了？好端端的，她干吗要走啊？"

"我也不知道那孩子怎么搞的，早上叫她去买菜，她竟偷梁换柱，趁机用假钞，要不是今天中午肉铺老板告诉我，我还蒙在鼓里呢！"

"用假钞，不会吧，小汪那姑娘挺本分的，你会不会错怪她了？"

"错怪她？哼，杂货店老板亲眼见她把一张假钱塞进验钞机，验钞机大叫起来。"

"我是问你给她的那张钱会不会是假的？"

"我给她的……我给她那张钱是从你口袋里掏出来的啊！"

"咳，你也不问问清楚，尽冤枉好人。那张钱是昨天晚上人家不小心找给我的，那是一张假币。"

"啊……"

教授夫人顿时目瞪口呆。

一次奇特的审判

一只老虎把曾经收容它的动物园告上了法院。不久，法庭接受了老虎的诉讼，公开审理此案。调解庭上，法官问原告：为什么状告动物园。老虎义愤填膺地揭发起动物园种种罪状，叙述如下：

尊敬的法官大人，你好。当我还是虎仔的时候，动物园这帮人就想方设法把我捉进他们的笼子。说句良心话，那时候他们的确待我不错，专门给我制造了一座虎山，派有专人伺候，每天有吃不完的肉和食物。可好景不长，动物园来了新的动物，我开始受到冷落，虎山拆了，把我关进狭小的笼子。专门喂养我的人也调走了，我也只能吃些游客们丢的东西和别的动物啃剩的肉和骨头。当时我想，只要有个安身之处，饿不着肚子，也就睁只眼闭只眼过。总比森林里那些兄弟姐妹们强些，起码安全有个保障。可最近这段日子，到处闹"非典"，动物园效益出现负增长。我也理解动物园的难处，你找我商量商量，我可以勒勒肚子，和领导们一起熬过这个非常时期。可他们的头儿招呼也不打一个，就偷偷派人把我用车拖到野外，美其名曰：要放我回归大自然。我在动物园献身大半辈子，好歹也是个角儿，现在如此待我，想起来伤虎心呀，我能轻易答应吗？我死抓笼子就是不撒手。你猜工作人员怎么说？他们威胁我，再不松爪，我们可要把你卖给虎皮商了。听听，光天化日，他们要把我非法贩卖。你想，我要真松了爪子，不也死路一条吗？野外净是光秃秃的，连个遮身的地方都找不着。我一出笼子，举目无亲，不饿死也让非法猎人给活活打死。到时候还不被人剥皮抽筋啊！想到有这种后果谁也不敢撒手啊。

说完，老虎呜呜地哭了起来。法官见状连忙敲起了槌子，警告老虎：原告，请注意控制你的情绪。工作人员在释放期间有没有对你施暴呢？

老虎点点头，连忙露出自己的肚皮伸出自己的爪子，悲惨地控诉道：何止施暴，他们全然不顾我的尊严，对我拳打脚踢。在森林里，我好歹是个备受敬重的王族，被他们这么一打，以后怎么在动物面前抬起头做虎啊！在这里，我强烈要求动物园赔偿我一切医疗费和精神损失费。

法官听后，满脸疑惑问老虎：原告，在我看来，依你现在的体格，只要你一张嘴，完全有能力把他们一个个吃进肚子。在这种情况下，你不至于丝毫不自卫吧！

老虎的脸变得更苦了：我哪里敢，我痛得张嘴哼哼两声，他们就找来老虎钳要拔掉我的牙。幸亏我的嘴紧他们掰不动。要不然，我现在说话都五音不全啊！说完，老虎泪流满面。

法官把脸转向被告，进行核实：被告，果真有这些事吗？

被告点点头，说：我们当时只想吓唬吓唬它，没有真拔。

法官最后问老虎：还有什么请求，原告？

老虎看了看被告席，说：别的要求没有，只要他们把我接回动物园，我就心满意足了。

法官又转过头问动物园的法人代表：被告，你同不同意原告的请求？

法人代表摇了摇头，说：伤我们可以帮它治，精神损失我们也可以赔，它想回动物园，我们坚决不同意。

法庭调解失败，择日开庭宣判。

积压的爱 | 79

不久，法院再次开庭，最终宣判如下：按照国际公共法令第一百零一条规定，被告有权决定原告在动物园的去留，但根据法令第三百七十条准则，被告有义务对老虎后半生的生存问题进行妥善安排。责令被告在原告出动物园后，必须为原告提供一个面积达二十平方公里，树木和植被覆盖率在80%以上，动物种类不得少于五十种的森林一座，森林和里面的动物一旦遭到人为破坏和伤害，由被告承担一切法律责任。宣判三日后生效，有效期至老虎自然死亡。

　　走出法庭，有记者采访老虎，问："作为赢家，你对审判结果还满意吗？"老虎不满之情溢于言表，再三声明，它要继续上诉。记者忙问为什么。老虎惊讶地看了看记者，觉得他问题问得很奇怪：为什么？秃子头上的虱子，这不明摆的吗，在动物园，再怎么着，也有人把肉和骨头丢到嘴里。判给我二十平方公里的森林有什么用，就算里面有成千上万的动物等我去捕捉，我现在这身型，能逮着吗？过不了三天我就得饿死啊！记者这时才恍然大悟。

绝命追忆录

　　林老师刚从教育战线上退下的时候，待在家里整天闲着没事，苦闷之余，便铺纸泼墨，写写追忆文章，把沉淀在脑海中一幕幕往事用日记形式一件件把它记录下来。天天写，日子久了，就有了厚厚的几本。其实，从写的那天开始，他就没把这些"日记"当成一回事，纯粹是自娱自乐。可没想到，做市领导的学生登门拜访，无意中翻过几篇之后，像哥伦布发现新大陆似的，对老师写的文章备加推崇，大加赞赏，称之为第二部《追忆似水年华》，称老师为中国的"普鲁斯特"，一再鼓励老师继续追忆下去。并承诺，一找到合适的机会，就推荐到市作协，让专业人士编辑成册，让出版社出版发行。说者无心，听者有意。学生一走，林老师就觉得以前写的这些东西宝贵起来，并把写追忆文章当成百年大计来抓。

　　从教书第一天起，一直追忆到放下教鞭，林老师又花了三年时间，才把毕生执教生涯追忆完，这三年，可不是轻松的三年，比林老师教书三十年还累还费心血，榨干了他的脑汁耗尽了他的余晖。他的山羊胡全白了，腰佝偻成一张拉满了的弓。这三年，在城里做领导的学生官越做越大，事越来越忙，问候他的电话久等不到。即使对方有心打电话过来，也从没提及过帮他出版追忆录的事。他也不催问，继续写着追忆录。他想等把追忆文章全部写完再提醒他也不迟。

可追忆录写完了，他依旧忐忑不安，怕文中太多疏漏，于是，又一句一字从头开始认真雕琢仔细修改。厚厚的十几本日记，又耗去他一年的时间，直至林老师认为万无一失，才鼓起勇气拨通了现在已提拔为市长的学生的电话。

接电话的是一位娇滴滴的小姐，自称是市长私人秘书。林老师想找市长亲自谈话，对方称市长正在开会，有事可以让她转达。林老师觉得不妥，就把电话挂了。后来，林老师又拨过几次电话，可每次都找不到市长本人，这让林老师失望透了，抱着厚厚的一大摞日记，自怨自艾直抹眼泪。本来林老师身体就不好，再加上这么一忧虑，便卧床不起了。睡梦中，他都抱着那十几本厚厚的日记本流泪。校长闻听此事，去医院看望过一回，后来，他参加市里的会议，见到市长就把林老师的近况粗略地反映了一下。市长拍着脑袋，怎么也想不起答应过帮林老师出版追忆录的事。不过，他还是在会议结束后找到作协有关领导，交代了一下有关林老师的事，作协领导一接到指示，马上把电话打到林老师的病房。嘱咐他托人把那十几本笔记带到作协，让他们看看。接到电话。林老师犹如打了一针强心剂，立即爬起床，抱着笔记本就要亲自把它送到市作协去。结果让医生和家人给阻止了。儿子帮他挂号寄了过去。接下来，又是艰难的等待，每一分钟都让林老师感觉过得那么漫长。

林老师每隔一段日子，就会给作协领导挂一个电话询问出书的结果，可对方总说在审阅。

冬去春来，转眼林老师就在病榻上躺了半年，这半年，林老师一直似醒非醒，似睡非睡，唠唠叨叨，断断续续地背着他写的追忆录。

儿子问院长，他父亲到底是什么病，能不能出院。院长也一个劲儿直摇头，说可以出院也可以不出院。

终于有一天，林老师的儿子收到市作协寄来的一本比砖头还厚的书。他以为父亲那十几本笔记全部出版了。可撕去纸封，一行金灿灿的书名深深刺痛了儿子的眼睛，林老师的学生——市长的名字赫然入目。原来，这是为市长编著的一部追忆。追忆内也有林老师一篇很短的文章被发表出来，写的是现任市长还是学生时候的事迹。久卧不起的林老师奇迹般地爬起来翻看这篇文章，发现一千多字只有不到五百字是自己原文。林老师合上书，长叹一声，倒床不起。

一个电话

深更半夜了，老爸出门还未回家。老妈便让我拨个电话给老爸，催他早点回家睡觉。打开免提，我刚把电话给接通，对方手机却传出一个娇滴滴的女人的声音，怕在大厅看电视的老妈听见，吓得我急忙把话筒一挂。不料，那个娇滴滴的女人声音还是传到老妈的耳朵里，我一进大厅，就发现老妈的脸变黑了。

"这个老不死的，怪不得深更半夜不回家，原来……"

母亲捂着脸"哇"地一声哭了起来，这一下我意识到自己闯大祸了，忙过去安慰老妈：

"妈，你千万别胡思乱想，说不定老爸他上洗手间，把手机搁沙发上，刚好被哪位阿姨看到，就顺手接听了呢！"

我越安慰她，她对老爸越产生怀疑，干脆号啕大哭起来，边哭边说：

"这几天，我就发现他有点不对劲，老有陌生女人打电话到家里来，以前从来没有这种情况。志强啊，你老爸变了，这次你一定得帮妈呀，妈可是一把屎一把尿把你带大的。你不帮我，我只好去死啦！"

"妈，你看你想的，爸我还不了解，怎么会是你想的那种人。他除了生意上会和女人有交往，从来不交异性。再说，五十多岁的人啦，哪有心思到外面七搞八搞。"

"可电话里陌生女人那娇滴滴的声音怎么解释，他的手机从来不让我碰。一般女人，能轻易把手机给人家？我看你老爸……啊呀，我命真苦啊……"

老妈这么一念叨，我也无法安慰了，但她哭得闹心，就在我手足无措的时候，门铃响了，我一转念，马上意识到世界大战即将爆发。

开门一看，果然是老爸回来了，他正春风得意哼着小曲呢。

老爸一进门，老妈迅速抹了抹眼泪，"噌"地一下从沙发里蹦了出来。一见到老爸便指着他的鼻子喝问道：

"深更半夜，死到哪儿去了？"

对老妈突如其来的喝问，老爸吓得一哆嗦，拎在手上换的鞋掉地上了，战战兢兢回答：

"朋友大老远来南昌，不就是陪人家吃顿饭喝杯茶吗？"

老妈闻听，嘿嘿几声冷笑，阴森森问道：

"朋友，什么朋友，关系不寻常吧？"

"朋友就是朋友，有什么不寻常的。"老爸被老妈的问话和表情弄得莫名其妙。

"别装大瓣蒜了，自己干的那丑事，是不是不敢抖搂？"

老爸见老妈肆无忌惮，也被纠缠得火了，猛地吼了起来。

"我干了什么丑事啦，看你阴阳怪气的，我有什么不敢抖搂的？"

"嘿嘿，你还有理了，幸亏孩子在场，要不然你还死不认账。志强，把你打电话的事告诉他，看他怎么解释，在你面前他要不要那张老脸。"

"妈，就别说了吧！"我夹在中间，左右为难，不知怎么办才好。

"志强，究竟发生了什么事情，告诉老爸，省得你妈深更半夜发癫痫一样。"老爸催促着。

"志强，快说，刚才你不是听得清楚吗？"老妈也迫不及待了。

积压的爱 ‖ 85

在老爸老妈咄咄逼人的气势下，我不得不从实坦白，结结巴巴地说：

"爸，刚才，也就是半个钟头前，我拨过你的手机，你没接电话。"

"对呀，刚才我好像听到手机铃响，但我没来得及说话，对方就把电话挂了，一直忙着找车，电话号码也忘了查看。"老爸说。

"但，那是一个女人接了电话。"我继续说。

"女人？不会吧，我从没把手机交给女人呀，你妈我从来都不让她乱动呢！"老爸纳闷，手不自主伸进衣兜，掏出手机。

"狐狸终于露出尾巴了，狐狸露出尾巴了。"老妈尖叫着，真像抓住了什么尾巴。

"什么尾巴，我有什么尾巴可抓，我姓吴的一辈子光明磊落，你去左邻右舍问问，我做过什么缺德事没有。"

说完，老爸低下头查起了刚才未接听的电话号码。

"志强呀，你什么时候给我打过电话啦，这里没家里的电话号码啊，只有你大舅的手机号！"

"是吗?"

我也感到蹊跷，连忙跑到电话机旁，查找刚才给老爸打的那个电话。一看，傻眼了。原来我拨错了一位数字。

错 位

去年，我被邀参加一个笔会。

临行前，我发现乘火车去重庆要路过武汉，于是买了两张票，一张从南昌至武汉，一张从武汉至重庆。在武汉停留一晚的目的，仅仅是想借这次机会和交往了六年但从未谋面的笔友林楚楚见见面。上车前，我给武汉的林楚楚挂了个电话。林楚楚听说我特意去看她，在电话那头惊喜地叫了起来，并答应晚上九点半准时去火车站接我。当时，刚刚过完春节，到处仍然春寒料峭，车停武昌站时，才九点钟，火车提前进站了。

一下火车，刚好让我遇上新年第一场雪。

我拎着简便的行装，忐忑不安地候在出站口，专等林楚楚来接我。不敢想象，等会儿见到这位既陌生又熟悉的笔友会是怎样一种情形。我只是不停地在原地搓手顿足做着深呼吸，以缓解自己急切的情绪。

眼看半个钟头过去了，林楚楚却终未出现，这下我有点着急了，掏出手机准备给她挂个电话时，我才发现自己的手指冻得有点弯不下去了。就在我艰难拨号的时候，身后传来一阵响亮的咳嗽声。我机敏地转过身，发现旁边一位身矮体胖满脸肥肉的女孩正往过道寻望。我肯定她不会是林楚楚，我收到照片上的林楚楚脸颊清瘦扎着两个永不过时的羊角辫儿笑容纯情灿烂。虽然过去六年了，也不至于变成这副难看模样吧！想到这儿，我继续拨打电话。可能胖女孩发现我瞄了她，立即走上前，满脸笑容地过来探问："请问，您是南昌来的门门吗？"她叫出我笔名的瞬间，我露出一脸的惊讶和失望。心想，她能叫出我的名字肯定就是林楚楚了，但突然要我接受眼前的这位模样丑陋的女孩并把她当成交心六年的梦中知己，我无论如何也做不到了。看着反差极大的林楚楚，我的心从沸点降到冰点。傻呆呆地站在那儿，疑惑不定地问道："你，你不会是林楚楚吧？"

显然，对方是一位极为敏感的女孩。我的话一出口，她脸上的笑容便冻僵了。我以为自己失语，赶忙补充了一句："我是说你比照片中的林楚楚胖多了，并不是怀疑你……"

"你的怀疑是很正常的，干吗解释这么清楚呢，我本来就不是林楚楚，我叫林蓓蓓，楚楚的姐姐，她晕车，临时让我替她来接你，不会怪我来迟了吧！"

我长长舒了一口气，心里暗暗庆幸她不是林楚楚而是林蓓蓓。林楚楚要是她这么丑，我真不知道如何面对。重色轻友是我这类男人一个致命弱点，我想，这毛病一辈子了，难改了。

走出站口，雪停了下来，林蓓蓓说她想打个电话通知林楚楚告诉她接到我了，免得她担心。我把手机塞给她，她怎么也不肯打，说用异地手机打本市电话费用太贵了。

林蓓蓓从候车室公用电话亭一出来我们便拦了部的士，径直开往她家。这一路，林蓓蓓嘴没闲着，每路过一个地方她都要给我介绍一番，约莫半个钟头行程，车终于在多福楼下停住了，我的心又开始怦怦地猛跳起来。

前来开门的是一位很漂亮的女孩，身材高挑穿戴性感，从相貌我已认不出她是谁了，但我猜她肯定是林楚楚了。只有眼前的女孩和六年前照片上的林楚楚有点吻合。

"我是门门，和你通信六年的门门呀！"

还没等林蓓蓓介绍，我便急迫地凑到女孩面前和她相认。"是吗?"眼前的女孩迟疑良久，看了看我身后的林蓓蓓，似乎向她求证。"楚楚，她就是你很想见的笔友门门呀!"林蓓蓓见女孩迟疑不定，赶忙上前介绍。"哦。你就是门门，快点进来，到里屋坐，里屋有暖气，千万别站在外面冻坏了。"

　　听完林蓓蓓介绍，林楚楚马上热情起来，一个劲儿把我往里屋让。她一脸的笑容，却总让我感到那么勉强。进屋坐定以后，我想找机会和林楚楚好好谈一谈，但她目光碰都不碰我一下，整晚只顾忙着端茶递水拿瓜果煮点心，给我安排房间。她似乎对我有点无所适从，或是有意逃避。她的一切举动都让我备感尴尬和失落。倒是她姐姐林蓓蓓，一直和我并肩坐着，表现出出乎寻常的默契和坦然。她似乎了解我和楚楚之间很多事，甚至我跟林楚楚通电话的内容她都清清楚楚。我想，林楚楚跟她姐姐之间一定亲密无间。

　　洗完脸泡完脚，已深夜十二点多，经过十几个小时的折腾后，我也累了。在她们姐妹精心安排下，我很快进客房睡下。我本想第二天早点起床和林楚楚好好交流交流，没想到一睡便睡到十点多。等匆匆忙忙穿好衣服吃完林楚楚亲自给我下厨热的早点，都快十一点了，距火车离站时间还不到一个钟头。

　　临行前，林楚楚无论如何也要送我。我拗不过，就从兜里掏出为自己准备的晕车灵给了她一片。

　　去火车站的路上，林楚楚一直沉默寡言。要不是林蓓蓓有聊不完的话题，肯定一路冷场。

　　就在火车开动的一瞬间，我突然感到，六年前那个扎着羊角辫笑容纯情而灿烂的少女永不复在了。记忆中那个丰满鲜活的林楚楚突然间在我脑海里成了一个符号，六年的热忱和期盼在见面之后全部化为泡影。

　　躺在高速前进的火车车厢内，我找出临行前林蓓蓓塞给我打发无聊时间的那本书，仔细一瞅，我才知道这是林楚楚新近出版的一部散文集。我翻开这本书时，发现书内页照片上的人并不是时髦性感的林楚楚，而是身矮体胖的林蓓蓓，但书的封面和内页却清清楚楚地署着林楚楚三个字。这时，我才发现，自己犯了一个不可饶恕的错误。

冯小佛经商

冯小佛要和女朋友结婚了，女朋友怀孕了。女朋友怀孕了就不能工作，她不能工作，冯小佛就少了一份收入。收入少了，开销却大了，结婚要钱，结完婚生孩子要钱。冯小佛和他女朋友这些年积攒了些钱，冯小佛就想下海，用这些积蓄去做生意。

做什么生意呢？女朋友说，就做服装生意吧，冯小佛想，做服装生意就做服装生意吧。写写资料起草文件，冯小佛手到擒来，论做生意，特别是做服装生意，他却是一窍不通。他虽然不懂，但我懂，他和我关系很铁，因此就来找我。既然是铁哥们儿，致富经当然倾囊相赠。我告诉他十六字真言：款式多买，数量少进，摸准销路，猛发猛进。什么意思呢，就是说衣服款式多选几个，数量少批几件。回家摆样摸准哪个款式好销，便大量进购。应该说，这是我做生意多年来摸出的宝贵经验，也是做生意起步时最可靠的经营策略。冯小佛闻听，如获至宝。牢牢记住这十六字真言之后，就南下广州采购货源去了。

一个礼拜不到，各种各样新款摆满了冯小佛的新店铺。你还别说，冯小佛进的那几十个款，还真有三四个当天就脱销了。女朋友立即一个电话打过去。冯小佛闻听，倾其所有资金，全部用来采购了那几个脱销的款式。问题是他那批货还没发到家，第二天就有顾客到他店里换货，说那几个款不好卖。这下，冯小佛女朋友傻眼了。

她立即打电话通知冯小佛，叫他停止发货。可冯小佛钱全付了，货也发出来正在路上走呢。冯小佛从广州购货一回来，面对仓库里一千多件积压品直犯愁。这一千多件衣服对冯小佛来讲，压下来，他可能再也翻不了身。如退回去上班，岂不是赔了夫人又折兵。冯小佛天天到我批发部长吁短叹，痛不欲生。既然是朋友，我想关键时刻帮帮他。况且这一千多件积压货对我这个老生意人来说，无关痛痒，因为我毕竟资金雄厚。于是，我去他店里，谎称有个顾客正到处寻找他卖的那几个款式，冯小佛像抓住了救命稻草，说：如果他真的要批这几种衣服，我一律按进价卖给他。我没和他讨价还价，而是叫他把第二批进的所有货一律打好包，送到我店里，我再发给下面的顾客。

当然，货一拖到我仓库，我就付清了所有的钱。要不然，怎么叫铁哥们儿。冯小佛千恩万谢，又怀揣着那些钱下了广州。我想，吃了一次亏，这批货应该不会再看走眼。哪知他一到广州就给我来了个电话，问："那批货发到顾客家没有？"我知道，他问的是我收购的那批货。我得把谎继续说下去。说破后我怕伤了他的自尊。明明还堆在仓库，我却言不由衷地说，卖得差不多了。他那头说：卖完了就好卖完了就好。一个星期后，冯小佛春风满面地从广州回来，他回来第一个找的人就是我：你不是说上次给我代卖货的顾客卖完了吗，这次我又进了两千件。我想，第一次卖一千件没问题，这次卖两千件也应该没问题吧。

听冯小佛这么说，我差点晕过去了。我问：这货你进来到底什么价。他搔了搔后脑勺，说：不瞒你，我上次赚了他两块钱一件。要不这次我少赚一块，一块钱让利给你吧。

你听听，冯小佛多够哥们儿。

飞来飞去的外单

　　同学小章在佛山一家专门做外单的私营服装公司做跟单员。工资嘛，不低，一个月有三千块钱，问题是老婆生孩子，不仅不能工作，还要添加额外的负担。我的同学就想捞点外快，补贴家用。因此，他专程从佛山找到在新塘开门市的我。打算绕过他供职的服装公司，另外开辟一条私人战线，直接把单从外商手里接过来给我做，他从中赚取那么一点差价。

　　同学归同学，生意是生意，有利可图才可以做。不能因为交情做亏本生意。把单接过来把价格打上去，有利可图那是肯定。问题是我们常做内销，质量方面总是马马虎虎。同学给我做的是加拿大童装，要求非常严格。我把单子给自己合作的加工厂老板一看，人家的头摇得像拨浪鼓似的。他们做不了，就等于我也做不了。单既然接了，不做不行。自己做不了，只有给别人做。我找到开制衣厂的朋友小卢，我清楚，这单他也做不了，但他说他朋友是专门做外单的，拿给他看看。单上午拿过去，下午那边就来回音，说可以做。于是，我兴冲冲地给对方报了价。当然，这个价不是我接单时候的价钱，我得赚取那么一点差价，因此，把价报给小卢的时候，每款服装都报低了一两元钱。

　　朋友归朋友，生意归生意，小卢接这个单也不能白接，我把单交给人家，人家肯定也得多少赚点，因此，小卢给他朋友报价的时候，每款服装也报低了一至两元。

后来我才打听到，小卢的那位朋友姓黄，外单是做外单，问题是他没有任何实业，开的是一个纯粹的皮包公司。他从小卢手上把单接过去后，又找了一位开制衣厂的亲戚，把单交给了他。当然，人家既然开的是皮包公司，肯定要从中谋利。经过他这么一转手，那单服装每款成本报价又低了一两块。最后，那单转到谁手中，我不得而知，反正，同学找我，我就找朋友小卢要货。

有一天，从不来往的房东叮叮咚咚敲了我的房门。我很纳闷，他找我干什么？他一见到我，便神神秘秘凑到我耳根，问：小吴，我手上有一笔大生意，你想不想做？我当时想：你一个开杂货铺的，能做什么大生意。出人意料的是，他竟然从拎进来的方便袋中抽出一叠厚厚的资料，说：北美加拿大童装，五十多个款，八九万数量呢。我一翻开这些经过改头换面的资料，整个人都呆了，这不就是同学小章接过来交给我的那些单吗？他交给我的时候，仅仅只有十余张杂志般大小的纸，转来转去转到房东手里，怎么就变成这么厚厚的一大叠了呢。还有，我交给朋友小卢报的价基本三十八块钱上下，房东交给我，每个款报价都变成二十块左右。房东见我发愣，有点着急了，问："这单你做不做，不做我找别人做了。"我苦笑一声，说："这么低的价钱，你找神仙他也做不出来。"

"不可能吧，卖菜的老王把单交给我的时候，说如果这单要是做成功了，我赚的钱足可以开一个五百平方米的超市呢！"

原来，他是从完全不懂制衣的菜农老王那儿接的单。作为内行，我不得不给他泼泼冷水，我说：这单平均三十块钱你要是能找人做出来，我马上把头砍下给你当球踢。房东见我说话挺严肃，不像开玩笑，立即像摊泥一样瘫倒在我脚下。

　　"这个千人杀万人斩的老王，蒙我跟他签合同，我不会签字，他要我在合同上按手印。八九万件啊，一件亏十块钱，那就八九十万，我倾家荡产也亏不起呀。"

　　我想，我得准备搬家了。

原来我是强盗

移师武汉做生意，租了套两室一厅的房子。可里面空荡荡的，什么也没有。远离老家，每件家具都得掏钱去买。为了节省一点开支，我去了旧家具市场，准备买些二手家具来用。到市场上一转，才发现要找那种又新又便宜的家具还真不容易。要么太旧，旧的让你看不上眼，新的价格只比市场上便宜一二成。转来转去，最后一样家具也没有买成。

"要家具吗？又新又便宜，而且是整套整套的。"

一个小胡子冷不丁地窜到我跟前，把我吓了一跳。

"你有吗，带我去看看。"

我上下打量一下这个小胡子，感觉到他真有我需要的东西出手。

"有，就在前面一点，你跟我来。"

我没多考虑，就跟着他走。他边走边介绍，说自己是浙江温州人，前两年来武汉做生意，买了套旧房和整套新家具。现在房子要拆除改建，他要回老家，准备把家具全卖掉。我想，这回肯定捡个大便宜。

七拐八拐，我们来到一幢三层楼的旧房子前。我前后一看，发现周围冷冷清清的，似乎无人居住，小胡子把我领到二楼，全身上下掏起了钥匙。

"哎哟，不好，我的钥匙掉了。"

我一看门，是用木头做的，没有任何防盗措施，而且锁还是以前那种一插即开的单簧锁。于是，我掏出身份证，建议他塞进缝隙把门捅开，免得耽误时间。小胡子点了点头，把身份证接过去，咔嚓一下把门给打开了。

　　进门一看，里面彩电、冰箱、洗衣机一应俱全，而且全是新的。

　　"怎么样，这些东西还满意吧，要买得全部买下，一件两件不卖，价钱可以优惠给你。"

　　我估算了一下，包括床和灶具在内，这些东西最少值三到四万块钱。但卖主急于出手，抓住他这个心理，我把价压到了一万。本以为他会气得用扫帚把我赶出去，没料到他一咬牙，竟然爽快地答应了。

　　"不过，你现在就得付现金，而且马上叫车把东西搬走。"

　　这不亚于飞来横财，生怕他会变卦，我揣着存折飞快地跑到附近一家银行，把钱取了来。直到小胡子数完钱把它揣到兜里，我才长长舒了一口气。

　　"这东西你爱怎么搬就怎么搬，上面的电线电灯你要也可以拆掉，搬完东西把门关上就行了。"说完，小胡子"噔噔"地下楼去，再也没回来。

　　我从马路上叫来一部大卡车和五六个搬运工，七手八脚搬起家具来。眼看东西一件件被搬完，却出事了。不知道什么原因，大街小巷冒出十几个全副武装的公安民警。他们不问青红皂白，把我请来的卡车司机以及五六个搬运工全部扣押起来，逮上警车。

　　审讯中，我明白了，原来我们在光天化日之下进行了一场抢劫。当我把小胡子供出来的时候，才知道，他根本就不是家具的主人，而是一个彻头彻尾的骗子。

无眠药片

　　医药博士冯小佛想：现代人生活节奏太快了，人的时间越来越不够用，要是能把睡眠时间也开发出来，人类要多创造多少财富啊！冯小佛博士是这么想的，也是这么做的。若干年后一种无眠药悄然问世。

　　冯微佛发明无眠药之后，第一位受益人就是他的儿子冯微佛，冯小佛和他父亲的爱好不一样，他不喜欢和药剂、病人打交道。冯微佛从事着高尚的精神事业、被称之为人类灵魂的塑造者——作家。自从冯微佛每天服用一片父亲研制出的无眠药片之后，他的文章创作量一下从每天五千字增加到用万计数。在文联诸多签约作家之中，他创作的质量不能称最，但创作出作品的数量却是其他高产作家都望尘莫及的。仅仅用了三十年时间，冯微佛就把通常需要六十年完成的创作量完成了。该数量是该文联所有签约作家作品数量的总和。冯微佛现象在当时的文坛被称为前无古人后无来者，堪称世界史上的奇迹，他的名字被收入吉尼斯世界纪录大全。有了冯小佛，世界人民都知道，除了孔子曹雪芹等名人，中国还有一个叫冯微佛的多产作家。

　　人到中年便成就了到老年才能完成的事业，这该是一项多么伟大多么激动人心的医药发明。冯小佛在儿子成就终生名利之后，便打算找家大型药业公司合作，把自己研制出的成果推向全世界。他的想法，马上遭到儿子冯微佛的反对。

"你的药品一推广，文学界不是要产生千万个冯微佛，在今后文学历史上，还有我冯微佛的地位吗？不如把它当祖传秘方，一代代承传下去，这样一来，我们家不就世世代代出冯微佛，世世代代都破吉尼斯纪录，不也就达到光宗耀祖的目的了吗？你的做法是目光短浅之做法，我的想法才是庇荫子孙后代长远之见解。"

冯小佛一想，这也不无道理。自己把无眠药推广出去，再怎么有成就，也仅仅荣耀了我们一两代人。我以后的后代，后代的后代怎么办。

冯微佛的儿子冯毫佛成年后，既无意继承祖父的医钵，也无意从事父亲作家的行当，他认为那样太清苦，就算取得众世瞩目的成就，那也是得不偿失。他决定从他这一代起，世世代代经商。这个想法令祖父和父亲都感到非常失望。尽管这样，冯小佛还是尊重孙子的选择，人各有志，不能相强嘛。冯小佛就问冯毫佛，你想做什么生意呢。冯毫佛很认真地回答说："我想开家种猪交配公司。你想想，要是把爷爷你发明的药一起掺到情药里喂给猪吃，它们就能一天二十四个小时不间断地为我公司工作。猪肉一斤才卖几块钱，而我们公司的公猪和顾客的母猪交配一次就收费几十元，这是一个多么赚钱的行当啊。"冯毫佛还要继续往下说，冯小佛早已气得满脸通红、白胡子直抖。

临死前，冯小佛把关于无眠药片制作的药方用一把火全烧了。只有儿子冯微佛成了他的千古绝唱。

智擒小偷

那是夏天的一个正午。

双腿皆残的孤寡老人刘大爷正独自一人坐在内屋闭目养神。突然，听到门外有异样响动。通过玻璃门反射，他发现有个尖嘴猴腮的家伙已偷偷推开自己家人忘了锁的防盗门，正蹑手蹑脚潜进大厅。刘大爷一看便明白，有贼进屋了。他本想大喊一声，可看着自己那废脚，便打消了这个念头。而是轻轻干咳一下，声音沙哑地向来人问："是维修公司的吗，我在家等你很久了，电视机在这儿，你进来修吧！"

小偷刚进门时，以为家里没人。听到干咳声，的确吓了一跳，准备撒腿就跑。但看看大厅内房，发现只有一位残疾老头，胆子也就大起来了。听老人这么一说，他马上改变了主意，顺坡下驴冒充起维修工人，还自作聪明地从兜里掏出盗窃专用的家伙充当起维修工具，大摇大摆地走进刘大爷内屋，装模作样地问："老爷子，电视哪儿有问题？"刘大爷连忙抓起床头的遥控器，把电视机打开，故意把声音和图像弄得模糊不清，说："师傅，这电视也不知怎么的，质量太差了，不仅图像花点多，声音也特别小，老听不清楚。"

"哦，是吗，你把遥控器给我，我给你好好修理修理。"小偷放下工具，夺过刘大爷手里的遥控器，一本正经地调起电视。小偷对电视还挺熟，不一会儿，便把图像给调清了。

"大爷，你看现在怎么样。"小偷不无得意地问。

"图像清楚了，可就是声音太小。"刘大爷故意把嗓子提得高高的。

"这容易。"小偷一按声控键，声音果然大了些。

"师傅，我耳朵有点背，还是觉得声音小，能不能再调大点儿？"刘大爷叫了起来。

"可以，多大我都能帮你调到。"小偷有点得意忘形了，继续把声音调大。

"现在怎么样，总该听到了吧？"

"你说什么？"刘大爷开始装聋作哑。

"声音已调到最大，没法再调了。"小偷生怕刘大爷听不清，特意凑到他耳朵上说，完全忘了自己扮演的角色。

就在这时，从外面闯进一个彪形大汉，推开门就嚷嚷起来："刘老头，把电视声音开得这么大，还让不让左邻右舍午休了。"

小偷闻听，吓出一身冷汗。偷不成东西，本想浑水摸鱼搞老头一点维修费，不想半路杀出一个程咬金来。为了防止事情败露，他撒腿就想往外跑。哪知，刘大爷一反常态，从床上跃起，拦腰把小偷给抱住，向门外的汉子大声呼叫起来："肥仔抓小偷。"

没等小偷反应过来，便被来人抓了个结结实实。

盗　网

　　眼见休渔期满，可自家海上的坛子网数量不足且有破损。到集市上去买，手头又没那么多现钱。如果现在不抓紧把缺损的鱼网补上，恐怕下半年要失去赚钱的大好机会了。为此，李老栓愁眉不展寝食难安。见李老栓整天唉声叹气不吃不喝，老伴看在眼中急在心头。她忽然心生一计，凑到李老栓耳根说："到海面搞几块补短缺不就得了吗？"李老栓一听，连连摇头，说："不行，让人抓了怎么办。"老伴气得一戳李老栓的脑袋，说："你这榆木疙瘩，自己不敢去搞，你请人去搞不就行了吗。"李老栓一听，喜上眉梢，连夸老伴聪明。

　　老伴点子一出，当天晚上李老栓就跑去找外地新来的两位雇工，以每人20元的价钱让他们去海上搞几块坛子网来。两位雇工刚在这儿安下身，还没领到一分工钱，正愁手头紧。现在有人出现钱请他们办事，能不答应吗。李老栓前脚走，他们后脚就准备好船只出了海。

　　李老栓回家后不久，正躺在床上和老伴谈论雇工的事，就听门外有人低声叫他。李老栓披了衣服，匆匆下地去开门。一看，两位雇工全身湿漉漉的，后面堆放着好几块坛子网。李老栓既惊又喜，轻轻把门推到两边，慌慌张张招呼雇工把坛子网拖到后边的仓库里。付完工钱，两位雇工再三叮嘱李老栓，今后再要搞坛子网，直接通知他们，李老栓连连点头。

当晚，李老栓激动得一宿没睡。第二天一大早，他就驶了船出海，准备整理自家的坛子网。刚到网边，李老栓就大叫起来，他家的坛子网被人割了好几块。李老栓也没多想，连忙转舵上岸，气咻咻到海参港边防派出所报案。

干警们经过详细查问和侦查，最终在李老栓的仓库里找到头晚上刚盗割的几块网，把网号一对，正是他报案丢失的那些网块。看到这种情况，李老栓傻在那儿了。

当天，李老栓就被派出所传讯。渔民们这时才知道，偷自己的东西原来也犯法。

致命的垃圾

冯小媚在艺术院校进修了三年音乐之后，在一次全国青年歌唱大奖赛中夺得第一名。夺冠之后的冯小媚马上被一家唱片公司挖走，包装成一线歌手。刚刚推出第一张专辑，便被抢购一空。不到半年时间，冯小媚便红遍了全国。

穷学生出身的冯小媚，原本是一农家女孩，家有大哥大姐好几个，冯小媚最小，最得母亲宠爱。她是靠几个哥哥和姐姐的资助才念完大学的。如今的冯小媚出息了，走红后的冯小媚不仅资助几个哥哥和姐姐，盖起了一栋栋的小洋楼，还专门在上海给母亲买了栋别墅，请来专门的保姆照顾自己的老母。

老太太在农村干了一辈子农活，也没进过城，刚到上海，有冯小媚陪着到处逛，还感到刺激、新鲜。可后来，冯小媚忙着在全国各地演出，老太太一连好几个月也见不着女儿的面。这一下，老太太在宽敞明亮的别墅中待不住了。不干活，她总是全身上下不得劲儿。刚开始，她和保姆抢着干家务，可不是把吸尘器弄坏，就是把电炒锅烧煳。在农村，她一辈子也没使用过这些东西，怎么可能不出岔子呢。家里的活干不了，她开始找借口溜出去。她想找份适合自己的工作干，譬如插秧、除草、放牛什么的。现代化的城市里，哪里有秧给她插，就是除草，也不是她这种老太太能干得了的。最后，她发现捡垃圾挺适合她的。于是，像诸多流浪儿一样，歌星的母亲背起了脏脏的蛇皮袋，在垃圾桶里找起了易拉罐和塑料瓶。你还别说，有了这差事，老太太整天乐颠颠的，把大上海摸了个透熟。保姆一直被蒙在鼓里。直到有一天，一位娱乐记者发现了老太太，知道她是歌星冯小媚的母亲，当即扛起摄像机，暗暗追踪报道。节目播出后，保姆才大惊失色。打电话给女主人，向她禀报了她母亲捡垃圾的事情。冯小媚听完电话，整个人懵了，预感到大祸临头。

翻开第二天的报纸，你就能看到歌星冯小媚虐待老母的新闻，各大网站上冯小媚的新闻也成为点击率最高的新闻之一。刚刚在全国启动的冯小媚"媚声媚色"巡回演唱会遭到重挫，前几天在黑市要用三倍的价钱才能买到"媚声媚色"巡回演唱会门票，自从冯小媚母亲捡垃圾事件被披露后，买了票的Fans们强烈要求承办公司退票。各承办公司当时也慌了手脚。冯小媚的签约公司为此多次召开记者招待会澄清真相，但丧失的人心无法挽回。筹划近半年、耗资几千万元人民币的巡回演唱会，最终面临失败结局。

老太太并不知道，因她捡垃圾，许多承办公司面临破产，她女儿也面临歌唱事业的惊涛骇浪。老太太依然我行我素，背起蛇皮袋去捡垃圾。这时候，女儿冯小媚从天而降，飞回上海。她见到母亲的第一眼，就是号啕大哭。

"妈，你知不知道，你女儿现在从万丈高楼掉进了你捡垃圾的垃圾堆里。"

老太太惊愕不已，她不明白，自己捡垃圾怎么会使女儿从万丈高楼掉下来。她更不理解，为什么说因为她捡垃圾，致使几十家承办公司破产，还有……这些，老太太都不明白。尽管老太太什么都不明白，但她还是相信女儿说的话，她意识到自己犯下弥天大罪。因为内疚，因为急火攻心，因为铺天盖地关于她女儿的负面报道，坚强的老太太突然病倒了。一躺到病床上，再也没有爬起来。

临终前，她依然在嘟嘟囔囔地问："我究竟犯了什么弥天大罪，我只不过捡垃圾而已……"

令人倒霉的钱包

这一辈子我捡过两次钱包，但两次捡钱包都没给我带来好运。第一次捡钱包让我失去朋友，第二次捡钱包让我失去工作。

一次是我和几位朋友打的去赴宴。走到半路，坐在副驾驶座上的朋友突然招手停车，说，他看见刚才路过的垃圾筒下边有个黑色钱包，并让我下去捡起来看看，我坐在右门边，想也没想，下车就一溜小跑去找马路边的垃圾筒，拐弯的地方，果然躺着一个黑乎乎的钱包。我捡起来拉开拉链一看，钱包空空如也。我想，不管有没有钱，都拿给朋友们看看，免得他们惦记。副驾驶座上的朋友接过钱包见没钱，便扔出窗外，说：没钱你把它捡上来干啥。当时，我也没在意。

问题是宴席开后，我喝多了上厕所，回来就听朋友在议论我，于是我躲在门外，听听他们说些什么。

"小明，你真相信吴志强，认为那钱包是空的？"

"你信吗，你们都不信，我凭什么信他。你想想，那么新的一个钱包，你能舍得丢？肯定是人遗失的？既然是遗失的钱包，难道会没有点东西？现在谁的钱包不装它千儿八百的，你们说对不对？"

"对对对，里面有钱那是一定的。不过，要是换了我，我也占为己有。"

"我就说你狗三不够哥们儿，活脱脱吴志强第二。要是我，总得给大家留那么几张，要不，以后大家怎么见面？"

"对，吴志强这家伙心太黑了，肯定这回捡了不少，全让他私吞了。"

"现在的人啊，真是画皮画虎难画骨，知人知面不知心啊！"

……

听着听着，我觉得自己再也没勇气走进门了，干脆回了家。回家后给宴请我们的朋友打了个电话，说自己不舒服，解释一下就了事。

第二天，就有位朋友向我催债。前几天还说得好好的，借给我的钱让我随便用，什么时候还都可以。没料到钱刚用出去，他就说自己等着急用，催我还钱。我只好叫乡下父母卖了两头猪，把钱还给他。

后来，这些朋友很少来找我，我找他们他们总是不冷不热，好像我真贪过钱包里的钱似的。但我又无法解释。

第二次捡钱包是和我上司一起去广州开交易会。那次也是打的士，坐在副驾驶座上的上司也发现了一个钱包，让我下车去捡。我不想去，又不敢不去。钱包捡起来，里面还是空的。这次，我变聪明了，决定花钱买教训，偷偷从自己兜里掏出几百块钱，塞到包里，交给上司。哪知，上司拉开钱包皱了皱眉，斜着眼问我："小吴啊，钱包里只有这些钱吗？"我说只有三百块。"这么说你打开过钱包啊！"上司紧紧盯着我，我感到全身都在起鸡皮疙瘩，支支吾吾回答："我，我只看了一眼。""不止看一眼这么简单吧，我看见你背对我的时候，手往右边兜里伸呢。当然，钱包里钱多钱少都没关系，问题是做人得诚实啊！"上司这么一说，豆大的汗珠从我额头上滚落下来。

我莫名其妙倒贴了三百块钱。开完会回到公司，我还被炒鱿鱼了。

都是旅游惹的祸

逢年过节，我便提前在同事好友面前打好广告，年月日至年月日要到城市旅游。同事好友一听说我去旅游，本想请我客的，也不好给我下请帖了。因此，我就可以躲过一次次山吃海喝的浩劫。出此下策，既想摆脱你请我我请他他请你的怪圈，杜绝身边的浪费，又想把这些送礼的钱省下来，干些平时想去做又没时间做的事情。

由此，每到逢年过节，我就养成出门旅游的习惯。说是旅游，其实是躲到乡下老家，静静的写自己想写的东西去了。但每次回城，我必在同事朋友面前谎称这次到了哪里哪里，看了海看了什么什么。其实，这些旅游景点，全是我在书中看到的，并把介绍文字全背下来，烂熟于心后，想怎么发挥就怎么发挥了。

有一次国庆长假，我谎称自己要去北京玩几天。不知怎的，这一消息很快让顶头上司王处长知道了，他破天荒地把我找到他办公室，委以重任。

"小吴啊，听说你喜欢旅游，这次国庆放假你要去北京对不对呀？"

我连连点头称是。

"这下你可帮了我大忙了。我那女儿，上次看了北京卫视一则广告，听说全聚德烤鸭店的烤鸭非常好吃，寻死觅活要我上北京给她买。后来，我就近在煌上煌买了只烤鸭敷衍她。她竟然一口就尝出那不是正宗的北京味道。为此，现在还生我的气呢。"

说完，王处长从兜里掏出一百块钱，"啪"地一声拍到我手心，说："这次去北京，无论如何你得给我带几只正宗的全聚德的烤鸭回来，可不准糊弄我哟，我到时候要看收据的。这丫头，要是再吃不到全聚德的烤鸭，我这顶爸爸的乌纱就要被她摘掉喽。"

接到钱我当时就慌了，我哪儿是去北京，我想趁这七天长假躲到乡下写部中篇小说呢。但当处长的面又无法讲明，捏着钱，我忐忑不安地走出处长办公室。难道仅仅为了给处长千金买两只烤鸭跑趟北京，不可能。光来去车费都要花去我一个月工资。现在不是流行邮购吗，我不如偷偷从北京给王处长邮购两只烤鸭回来，大不了自己倒贴几十块钱空运邮费。上网费了好大的劲儿，总算搜索到北京"全聚德"的详细通讯地址和电话号码，把钱汇了过去。刚从邮局门口出来，办公室主任来了电话。他也是听说我要去北京，托我带些江西特产捎给他在北京的一个多年未谋面的战友。我如法炮制，把特产按照办公室主任给的详细地址从邮局给他战友邮了过去。刚从邮局门口出来，局长来电话了，他也听说我要去北京，托我把他远在北京的不到四岁的小外甥带到南昌来，他很想见见。这次，没法邮寄了，我必须自掏腰包为局长把外甥从北京接到南昌来。

问题是，放完长假，等我从北京回到南昌，把局长外甥交到局长手里后，从"全聚德"空运过来的烤鸭因未及时送到王处长手里，全都有异味了。

"小吴啊小吴，你是怎么办事的，买两只烤鸭这种事你都做不来，我还能指望你做好什么事呢。我本来想把你向上级推荐，让你做副科长，现在看来没这个必要了。你根本胜任不了这个职位。"说完，王处长开始低头拨电话。

我灰头土脸刚从王处长办公室出来，又被办公室主任叫了过去，他今天也满脸怒气，见面就质问我：叫你亲手给我战友的东西你怎么能邮寄呢？战友打来电话说那些东西都压成饼干了。小吴啊小吴，你叫我怎么说你好呢。同事们都反映你搞不好人际关系，说你孤芳自赏，目中无人，起初我还不信，现在看来同事们说得一点不假呀。上级来了通知，说我们局人员太芜杂，必须精简，局长把这个任务交给了我，你进门前我跟王处长他们刚刚通了电话，达成的意见基本一致，认为你下岗分流最合适。说完，办公室主任甩门而去。

　　立在原地，我纹丝不动，我能动吗，真要是被下岗分流，那我多冤枉啊。最后，我去找让我给他从北京带外甥回南昌的局长叙述实情，希望他能在办公室王主任面前为我说句话。

　　"小吴啊，平时看你不爱说话，挺老实的一副样子，怎么一说起话，都是谎言呢，叫我现在如何信你。关于下岗分流的事，我已交给办公室王主任，你找他去吧，你找我，我也不好再插手干预此事了。"这时，局长的外甥从外面跑进来了，见到我，就亲热地喊我吴叔叔，看着他天真无邪的笑容，我的眼泪却流出来了。

都是手机惹的祸

　　彭宏一大早就去了商场，买了套像样的西服，买了根金利来的领带，买了双假鳄鱼皮鞋。回家后，把这几样东西往身上一整，果然气宇轩昂，颇有绅士风度老板派头。但彭宏在镜子前转来转去，还是觉得少了点什么。"要是在腰间挂个手机，肯定万无一失了。"彭宏心想。可就他五百块钱一月的工资，买得起也养不起啊。但这次是去约会，是第一次约会，不是一般的应酬，不能让女方小瞧自己。于是，他想到我的768型爱立信。敲响了我的房门，让我把手机借给他用一天。刚开始我不乐意，第一是不赞成他这样弄虚作假，打肿脸充小胖，第二是怕耽误我的事情。但禁不住他软磨硬泡死缠烂打，还是把手机交给他了。由于他赶时间，我也没教他如何使用。借给他，纯粹做个样子。

　　彭宏和马丽相约在一家咖啡厅见面。他们是通过电台的"空中鹊桥"穿针引线的，相互通过电话寄过照片。但马丽具体是干什么的，彭宏也不太清楚，他只听说她从事服务行业。

　　咖啡厅坐落在广场旁侧，里面宽敞明亮环境幽雅，的确是个谈情说爱的好地方。彭宏一进咖啡厅，马丽便发现了他，坐在咖啡厅一角不停地向他招手，马丽已为他点好一杯浓浓的咖啡，显然，她已到多时。

　　眼前的马丽和照片中的女孩没什么两样，甚至现在身上穿的那套衣服都是照片上那套。唯一不同的是，她胸前多挂了一部手机。彭宏仔细一看，马丽胸前挂的手机和自己借的手机一模一样，都是崭新的 768 型爱立信。他们的交谈也从手机开始。

"你这手机真漂亮啊！"彭宏指着马丽胸前的手机，充满羡慕地说。

"是吗？"马丽一听到彭宏的赞叹，脸上立即露出得意的笑容。

"你这部手机多少钱买的？"彭宏紧追不舍地问。

"这手机值不了多少钱，我本打算买部可视性手机，听说要一两万吧，但市面一直找不到。"马丽不屑地拨弄了一下胸前的手机，露出一脸将就的神色。

女孩这么一说，彭宏必中窃喜，暗想：没找错人，看她这种经济条件，能自立自足，衣食不用我担心。将来娶了她，等于娶回半个财神。但眼下不能让她小瞧了自己。于是，大手豪气地一挥，叫来一大堆昂贵的水果。

彭宏刚喝几口咖啡，突然听到"嘀嘀"的铃声响个不停，彭宏心想，完了，电话来了。但为了显示自己财大气粗，他还是以最快速度从腰间拔出手机。发现自己的手机没响，这才松了口气。故意把手机捏得高高的，让马丽看看，马丽眼皮都没抬一下，款款地掀开自己的手机盖，轻轻按了按键。

"喂，喂，哦，我是马丽，什么，这点小事你都做不了主。不是跟你说过吗？十万以下你自己做主，十万以上让我来签字。你自己看着办吧！"说完，马丽悠雅地把手机一关。

"这帮手下，真不会办事，才离开一会儿，他们就乱套了。"马丽自言自语，但声音又提得老高。彭宏自讨没趣地收起手机，一边点头一边想："这何止财神啊，十万以上她才签名，十万以下还不屑一顾。听口气，简直就是富婆啊，这种女孩，现在多难找，快上架的鸭子千万不能让她跑啰！"想到这儿，彭宏气派地一挥手，叫侍应小姐把咖啡厅最贵的饮料来两瓶。

待应小姐把最贵的饮料上完，手机又"嘀嘀嘀"疯狂地叫了起来，女孩这次露出了腻烦的神情，迅速揭开手机机盖，重重按了一下键。

"喂，不是叫你自己看着办吗？怎么又来烦我？什么，省委领导明天到我们单位视察。你让副主任接待他们就行了，用得着我出马吗？真是一群饭桶！"女孩狠狠把手机一关。

"真对不起，第一次和你见面就给你带来这么多烦心事！"马丽用眼白扫了下彭宏，马上怒脸变成了笑脸。

"不烦不烦不烦。"彭宏的心剧烈跳动着，心想：这女孩来头不简单啊，省委领导都不放在眼里，她待的单位真是个不得了的单位。自己一个穷教书匠，拿什么追人家呀！可在电话中，自己又把牛皮吹得那么大，真要发展下去，以后怎么收场。随之，自卑感油然而生。但一转念，既然坐到这儿来和人家面对面谈上了，就不能怯场，得撑起这个面子。彭宏又气派地挥了挥手，可还没开口说要什么，女孩胸前的手机又"嘀嘀"地鬼哭狼嚎起来。马丽脸上这次露出极其厌烦的表情，气呼呼地把手机盖掀开，狠狠按了一下键，刚想把手机操起来贴到耳根，被彭宏一手招过来的待应小姐最终忍不住了，指了指马丽的手机说："小姐，你这不是接听信号，这是'短信息'信号，你应该按左手上面那个键，而不是右手。"原来，她观察马丽很久了。

当时，马丽捏着手机呆若木鸡，眼睛充满血瞪着待应小姐，脸红脖子粗说不出一句话。

彭宏立即明白，眼前这位大派头的马丽小姐和自己一样，根本就不会用手机。

"先生，你还要点什么？"待应小姐转过头问彭宏。

"小姐，这堆水果和这两瓶最贵的饮料能退吗？"彭宏问。

侍应小姐尴尬地笑了笑，说："实在对不起，本咖啡厅顾客要的东西概不能退。"

　　"那好，埋单。"

　　彭宏理也不理马丽，径直朝收银台走去，一结账，刚好花去彭宏一个月的工资。

　　彭宏走出咖啡厅时，又听到从咖啡厅传来一阵刺耳的嘀嘀声。彭宏暗暗捏了一把汗，庆幸自己的手机没响。

整　容

　　小丽年方二十，长得水灵灵的，五官匀称，身材苗条。可她总在乎自己的眼睛，不甘心父母生了她一对单眼皮。听说某医院某医生整容整形技术非常好，忍不住就去割了双眼皮。你别说，双眼皮一割出来，效果的确与众不同，不仅眼睛变大了，而且炯炯有神、秋波乱颤。眼睛好看了，对着镜子的时候，她又觉得鼻子梁低了一点，又产生垫高鼻梁的想法。于是，又去医院找某医生垫了鼻子。光看鼻子，的确没得说，高高挺挺，不仅引人注目而且时髦性感。问题是鼻高隆，脸颊低，下巴额也显得过宽。无奈之余，小丽又向某医生咨询，问他怎样才能解决这个搭配上的问题。某医生仔细打量小丽全身上下，思索良久，说："办法倒有，我不仅可以给你做脸颊整形术，而且全身部位都可随便削增，让该收的地方收该挺的地方挺，保证效果比韩国红星金喜善还漂亮。"小丽早就知道韩国很多美女都是医生给整出来的。听某医生这么一说，大喜过望。小丽一生的梦想就是做明星，但因长相平凡，无法出人头地。若某医生真有如此高明的整容整形术，她当着某医生的面发誓，她绝对有一天会比韩国的金喜善还红。真红了，她不会忘某医生的恩德。于是，某医生马上帮她安排手术日期。小丽自己也回家做好整容整形的准备。两个月后，小丽从医院出来，没人再认得她，活脱脱就是中国的金喜善。

凭着小丽的才艺，凭着整容后的脸蛋和身段，当年她就参加了全国性的一次选美大赛，并一鼓作气夺了第一名。结果，被选入国家专业模特队。后来被一位香港导演看中，拍了部《香妃出浴》，获得了新秀奖，从此一炮而红声名鹊起，片约不断。她不仅做模特做电影演员，而且拍电视剧拍广告拍 MTV 写自传（当然由别人捉刀）做主持人做联合国健康大使。她不仅有了名，而且有了车有了楼有了别墅有了以亿数计的观众，正当她如日中天红运当头时，厄运降临。有一天，她突然感到自己的眼皮下掉鼻子萎缩，整张脸都有天塌地陷的感觉。跑到镜子前一看，她自己都吓晕过去。这哪里还像个人啊！皮内组织全部是用塑料泡沫整的，现在塑料泡沫一老化，整张脸看上去就像在骨头上蒙层皮。

　　小丽偷偷跑到原先给她整容的那家医院，找到当年给她整容整形的某医生，希望他想办法把自己整回去。某医生一见到明星小丽，着实吓了一跳。尽管他料到她会有这么一天，但没想到有这么难看。看着眼前的小丽，某医生无可奈何地摇摇头，说："就算神仙也无法让你回天了。"小丽失声恸哭，边哭边哀求说："某医生，如果你不马上帮我整回去，我不仅当不了明星，光片约违约金祖宗三代都赔不完，我已把片约签到 2050 年了。"医生显然也很同情小丽，说："我倒有个办法帮你摆脱眼前危机，只要你肯，保证你不要赔一分钱违约金，完全可以保住你已赚到手的那些钱，当然，你这副面目，只好回去养老，无法再当明星。"小丽连连磕头，谢谢某医生的大恩大德，问："有什么好办法？"某医生潇洒地打了个响指，从室外走进一个人来。不看则已，一看吓了一跳，心想这不是毁容前那个比金喜善还漂亮的自己吗？某医生一眼就看出了小丽的心思，说："不，她不是你，小丽，她是我独生女儿，叫娜娜。你整容时，我就是参照她的形体和样貌给你整的。她和你一样，明星梦已做好几年了，可一直没你那么幸运。今天，她总算熬到头，等来了走运的日子。她不仅将挽救你成为你的救星，也将继续你的星光大道，一直把你签到 2050 年的片约全部拍完，变成一位光彩夺目的明星。"

小丽听完，当时就晕厥倒地。

致命的关怀

新任某长从县城出发，去参加省城的一个重要会议。

眼看还有半个小时的路程，却发生事故了。一个大汉张牙舞爪站在国道中央，拦住了某长的去路。司机来了个紧急刹车，幸好某长系了安全带，否则后果不堪设想。某长正欲发作，发现离他坐骑不到几米的马路一侧，躺着一位血肉模糊的女人。显然，妇女被车撞了。肇事者逃之夭夭，而路过的车辆不肯搭救。

"刘秘书，你下车看看，到底发生了什么事！"

刘秘书夹着个包，正在后座打瞌睡，这么猛一刹车，差点没把头撞晕。等他清醒过来，某长正叫他下车查看情况。刘秘书看看表，很焦急地说："某长，离开会时间很近了，咱们不能耽误啊！"

还没等某长回话，拦车的大汉趴在车窗上剧烈地敲起来。

"某长，你才刚刚上任，这会议千万不能耽误啊！"

刘秘书冒险死谏。某长一脸的浩然正气说："会议再重要，难道比人命还重要吗？"

刘秘书见某长如此坚决，重重地叹了口气揿开了车门，走到受伤妇女的身边，蹲下去探了探鼻息。之后，起来向某长汇报，说："我看我们还是先走吧，就算我们把她抬上车送医院，医院也救不了她的命了。"

"刘秘书，你的觉悟怎么这么差呢？作为一个共产党员，作为一个共产党的领导，能见死不救吗？只要有一息尚存，我们就得救人。"

某长一席话，把大汉感动得跪到马路旁边砰砰连磕三个响头。

"还愣着干什么，下车抬人啊！"某长看了看开车的司机。司机见某长叫自己抬人，不敢怠慢，立即开门下车，可刚走到受伤妇女身边，又被某长叫住了，说："小吴，你等等。"某长转头问刘秘书："刘秘书，电视台的采访车怎么搞的，掉队这么久，还没跟上来，你立即给他们打个电话，叫他们加速上来，我要下车亲自抬救这位受伤的女同志。"

大汉闻听某长要亲自把自己受伤的亲人抬上车，眼泪终于止不住滚滚而下。

"喂，你们怎么搞的，这儿发生了一起伤人事故，某长要亲自下车抬救，命令你们马上赶到现场拍摄，什么，还要十分钟，轮胎爆了还是在修补……"刘秘书扯开公鸭嗓子，站在马路旁边对着手机叫嚣不停。

"刘秘书，你能不能小点声，马路上汽车喇叭都没你嗓门大。"某长觉得刘秘书修养太差，应该批评一下。刘秘书不敢作声了，啪地把手机一关，满脸赔笑地说："习惯习惯了。"

"去把我这冰手帕给那位男同志，让他给受伤的女同志擦擦脸上的血迹，叫他耐心等十分钟，采访车一到，我亲自把她抬上我的车。"

这一着，在官场上混了几十年的刘秘书也没见过。接过手帕，刘秘书肃然起敬。

大汉捏着某长递过来的冰手帕，更是感激涕零。

十分钟后，采访车出现了。摄影师扛着摄像机下了车，某长精神抖擞整了整衣襟，亲自撤开车门下车和大汉一道儿把受伤的女同志抱上车后座，等某长把女人抱上车，把头从车后座抽出来，周围响起一阵噼里啪啦的掌声。

　　车到省城，刚好路过一家医院。某长不辞辛劳，又亲自动手把受伤的女同志抱下车，抱上医院抬出的担架之后才放心离去。

　　也许，某长并不知道，他把受伤的妇女从自己车上抬出来不到三分钟，医院还没来得急抢救，该妇女便含恨离世。急救医生惋惜地对死去的亲人说"早来五分钟就好了，早来五分钟完全能把她救活"，大汉闻听，狼一般嗥叫起来。

会　诊

　　在大厅里，几十名资深的医学家正在热烈召开一年一度的医学理论成果报告会。一位端茶送水的年轻女工作人员在为最后一位医学家倒完茶水后，突然倒地，口吐白沫，全身抽搐，出于救死扶伤的职业道德和病人不分地位高贵与卑微的高尚精神，主持医学大会的医学家立即宣布暂停医学理论成果报告会，所有在场的医学家都畅所欲言，积极为晕倒在地的年轻的女工作人员会诊。

　　首先，一位眼科专家上前翻了翻女青年的眼皮，结合自己多年的研究成果，对姑娘的眼皮颜色和可能产生的病症做了一翻详细诊治，旁边有记者和工作人员忙着做记录。

　　其次，一位肠胃专家上前掰开女青年的嘴巴，看了看女青年的舌苔，结合自己多年的研究成果，对女青年舌苔的颜色和可能产生的病症做了一番细微的诊治。旁边有记者和工作人员一字不落地做记录。

　　接下去是皮肤科专家，肺科专家，脑科专家，神经科专家等人——会诊，会诊的记录足可以出厚厚一本书，不过，最后女青年还是努力地、痛苦地挣扎了几下，便永远地闭上了美丽的大眼睛。

　　第二天，一篇题为《惊天地，泣鬼神，几十位专家会诊一位无名女青年》的报道在某报头版头条重磅抛出，全社会引起强烈反响。

三百与三万

有位画家，没找到工作，生活出现危机。无计可施的情况下，他打算挑出几幅得意作品出售。于是，他托朋友找到一家书画店，帮他出售自己的画。

为了尽快将油画换成钱，店主将画家的画挂在店里最抢眼的位置。起初，这些画还有几个人观赏，但店主一报价，便咋舌而去。

转眼就过了三天，画一幅也没有卖出去。店老板犯愁了，建议画家标价出售，无可奈何之际，画家表示同意。

不标还好，这一标价更糟糕。

"这是啥玩意儿，也算油画，还标价三百块？"

你不买画不要紧，看了画后别骂人呀，可就有些这样的人。于是，店老板把实情一一相告。画家听完气极了，对着话筒吼了起来。

"你帮我在每幅画的价格之后再添两个零。"

说完，啪嚓把电话一挂，震得店老板半天说不出话，心想，三百块都难以出手，还想卖三万，这画家难道想钱想疯了。

碍于朋友的情面，店老板还是照画家说的去做。奇怪的事情发生了，价码一标出来，闹得整个书画市场沸沸扬扬，慕名前来观画的人川流不息。

"这画色彩鲜明，线条优美。"

"没有深厚功底的人绝对画不出这么好的画来。"

"此话差矣，这画肯定出自天才之手。"

"这画和陈逸飞属同一流派……"

有不少艺术家模样的人在油画面前指指点点，说得头头是道。沸沸扬扬的议论声中，真有一位大款模样的人大腹便便地走出人群，很气派地开出一张三万元的支票，买走了其中一幅画。

画一买走，就有人打电话给各新闻媒体的记者。不久，报社电台电视台的记者们一窝蜂地赶到现场进行现场采访报道。

从此，贫困的画家一举成名。

我是黑老大

冯小三还读初中的时候，就和社会上一些小混混在一起，做做他们的小腿子，专门欺负自己学校的学生。为此，学校开除了他。冯小三离开学校的时候，一副满不在乎的样子，说：我是黑社会，我怕谁。后来，大家都看到冯小三身上印满了文身，剃了个阴阳头，戴起了大耳环。再次回到学校，后面跟了几个学生模样的小兄弟。这次他回到学校并不是上学，而是要当学生们的保护神，向他们收取保护费。连开除他的校长的儿子都乖乖地交保护费，而且不敢告诉自己的父亲。因为冯小三说他是黑社会，让学校知道，就打断告密者的腿。为此，很多学生都忍气吞声，从紧巴巴的生活费中扣出部分的钱，交给冯小三。你还别说，交了保护费的学生有了冯小三这些黑社会撑腰，再也没人敢欺负他们。平时夹着尾巴走路的人现在走在校园里也大摇大摆，底气足了几分。显然，保护费给他们带来一种安全感。渐渐地，同学们都以能给冯小三交保护费受到冯小三保护为荣耀。看穿了学生的心理，冯小三准备大量吸收学生会员。条件只有一个，交双倍的保护费就是他冯小三黑社会团伙的人。能成为冯小三团伙的黑社会成员，似乎成了学生们一种追求和时尚。因为成了黑社会成员，不仅可以受到冯小三的保护，还可以跟随冯小三出去吃饭、喝酒、蹦迪、泡妞。当然，这些费用，都是他们这些手下自己掏腰包。

不到半年工夫，冯小三黑社会团伙的势力蔓延到整个学校，上至快毕业的高三学生，下至刚入学的初一学生，有男有女，有成绩好的，有成绩差的。演化到最后，要是某个学生不肯加入黑社会团伙，将会受到同学的鄙视和排斥。不得已，不想加入冯小三团伙的学生最后也不得不加入，交双倍的保护费。渐渐地，冯小三的名气比校长的还大。

　　学校最终觉察到学生们加入冯小三黑社会团伙的事情，意识到冯小三的危害，报警抓了冯小三。

　　"我犯了什么罪，为什么抓我?"冯小三耸耸肩，一副死猪不怕烫的痞样。

　　"为什么抓你，你在学校拉帮结派，危害学校正常秩序。"

　　"有什么证据?"

　　这下把警察们难住了。是啊，有什么证据说他拉帮结派，他收保护费既不开条也不开发票，他组织黑社会既无条文文件也不大肆集会游行，更重要一点是他从不小偷小摸，强行勒索，大部分交保护费的学生都冲着冯小三校内校外的名气和威望来的。再说，冯小三还未满十六岁，属于未成年少年，就算犯了事，也得酌情考虑。最后，派出所教育教育，就把这个黑社会分子给放了，冯小三走出派出所后，保护费照收无误。学校为此，在校门口专门设了保安员，不准冯小三等闲杂人员迈进学校一步。校方的这种措施，影响不了学校黑社会泛滥的趋势，校园里黑社会现象愈演愈烈。这让校长头痛不已，视冯小三为眼中钉肉中刺。最终，有一件事却让学校改变了他们对冯小三的看法。当年夏天，暴雨连绵，江河水势暴涨，冲垮防护堤，冲垮桥梁，冲垮房屋，学校也深陷一遍汪洋大海之中。抗洪抢险的大队伍全部派到江河防护堤上抢险，学校的精兵强将全调走了。学校只剩些老弱病残。洪水铺天盖地淹向学校校舍的时候，以冯小三为首的黑社会出现了，不知他从哪儿弄来几艘破船，乘风破浪驶向受灾的学校。冯小三带着他一帮黑社会手下第一现场赶到教师家属楼，抢救起留守的老人和孩子，把他们一个个送到安全地点。等救险人员赶到学校，校舍第二层教室已淹没在汪洋大海之下。发现教师家属一个个都平平安安，才匆匆驾着救生船离去，到另一处抢险。

洪水退后，校长亲自召见了冯小三，问他有什么要求？冯小三竟然害羞地低下了头，从口袋里摸出一大沓钞票，说，这是我收取的所有保护费，我想用它继续念书。校长看着那叠厚厚的保护费，心里像打翻的五味瓶。

冯小三又背上了书包，身上的文身没了，大耳环没了，留了个学生头。这次，校长亲自点名，提拔他当了学校学生会主席。当了学生会主席的冯小三一改平时的痞气，严肃起来。他不仅工作认真，学习也相当刻苦。但同学们见到他，还是叫他黑社会，他一点儿也不生气。要是哪位同学破坏学校秩序，不好好学习，他还会摆出一副黑社会老大的样，狠狠教训对方，对方见状，乖乖"就犯"。

身份未明

　　这本来是一起很普通的交通事故，可最后还是闹到交通管理所所长办公室。

　　一辆红色宝马和一部黑色奔驰在拐弯时不期而遇，擦肩而过的时候，宝马和奔驰接吻了。结果，双方的车头都蹭去一大块油漆。

　　开红色宝马的是位妙龄女郎，开黑色奔驰的是位高贵的少妇。两人把车停下了，怒气冲冲，相互指责起对方。开黑色奔驰的少妇说不过开红色宝马的女郎，嗷地一声扑上来，给红色宝马一个耳光，红色宝马也不示弱，照准黑色奔驰的脸，探出长长的指甲就给她来一爪子。血，滴滴答答从黑色奔驰眼角流了出来。黑色奔驰岂肯罢休，咬牙切齿准备还击。这时，交警从天而降，奔驰和宝马都扣了下来，而开红色宝马的女郎和黑色奔驰的少妇都被带到冯小佛所长办公室。

　　看着穿金戴银满身珠光宝气的两位女人的狼狈样子，冯小佛心里直发笑，心想：车子就是蹭破了那一点点油漆就大打出手，至于吗？表面上，他还是挺严肃，一本正经的样子。他听了手下汇报后，准备各打五十大板，每人罚点款然后放人走，就在他准备宣布自己决定的时候，办公桌上的电话响起来了。来电话的不是别人，正是县委办公室秘书王有才："冯所长吗，我县委办公室王有才呀，听说你们管理所扣了一部红色宝马，开宝马的可不是别人，那是李书记的小姨妹呀！"冯小佛吓了一跳，连忙回答：我现在就放行，现在就放行。放下电话，冯所长和颜悦色地把脸转向开红色宝马的妙龄女郎，说："我立即叫人把车给你开过来，你马上可以走了。"不料，红色宝马不吃他这套，怒气冲冲地说：不行，我的车被蹭坏了，她必须得赔，还有她打了我一耳光，我一定要扇她一耳刮子。说完，她恶狠狠地指了指黑色奔驰。为了平息红色宝马的怒气，冯所长从办公桌后面站起来，亲自为红色宝马倒了杯茶，边走边说：这钱吗，她肯定是要赔的，至于要扇回一耳刮子，我看大可不必嘛，大小姐您也是文明人，别跟她一般见识，我看，让她给您道个歉就算了。听说要给红色宝马赔钱又要赔礼道歉，黑色奔驰再也忍不住了，泪水夺眶而出，哆哆嗦嗦从包了取出手机，跑进厕所打了个电话。不久，冯所长的电话铃声又响了。这次来电话的不是别人，而是李书记的公子李小宝："老冯嘛，我是李小宝呀，听说你们所扣了一部黑色奔驰，开车的可不是别人哦，那是我表妹呀！"这个电话把冯小佛搞糊涂了，一时间他真不知如何处理这种复杂关系。放下电话，冯小佛马上冷静下来，依旧转过头，僵硬地朝黑色奔驰笑了笑，说："我立即叫人把车给你开过来，你也可以走了。"黑色奔驰冷笑一声，白了一眼冯小佛，说："走，没那么容易，你不是说让我给那骚货赔钱赔礼道歉吗，有种你罚我款让她给我一耳刮子啊！"冯小佛当所长七八年了，还是头一回碰到这样刺手的问题。于是苦笑一声，亲自帮黑色奔驰倒了杯茶，边倒边说：大小姐，千万别这么说。这一次，真是大水冲了龙王庙，一家人不认识一家人。喏，你看，你是李公子的表妹。她呢，是李书记的姨妹子。从李书记那儿论，你们还是亲戚呢。

"什么，她是李小宝的表妹，别笑死我了，李小宝的表妹今年才刚上小学呢！"红色宝马突然从椅子上蹦了起来，指着黑色奔驰一顿大笑。黑色奔驰也不示弱，一蹦三丈高，指着红色宝马骂了起来：

"你又是什么东西，竟敢冒充李小宝的阿姨，我怎么从没听说过李老头有你这么个妖精一样的姨妹子。"

两个女人，你一言我一语，爆炒黄豆似的噼噼啪啪在冯所长办公室吵开了。冯小佛夹在两个女人之间，手足无措。最后，冯小佛实在忍无可忍，嗷地吼了一嗓子："你们都给我住嘴。"这不亚于晴空一记响雷，把两个面红耳赤的女人吓了一哆嗦，都不敢吭声了。沉默了许久，冯小佛才开口说话了。这次，他的语气显得十分无奈：两位，车也撞了，事情发生了，千错万错你们都没有错，错的是我不该把你们的车扣下来，更不该把你们带到我的办公室。现在，我正式向你们赔礼道歉，你们的车撞掉了漆，全算我的，小徐，把她们和她们的车带到最好的汽车修理公司，钱你先垫着，回来向我报账。听所长这么说，两个女人不再吱声，小徐把两个女人领了出去，冯所长重重把门给关上了。回到办公桌前，他一直在思索红色宝马和黑色奔驰的真实身份。

积压的爱

领导的代表作

某报是省城一家大报，要招聘一名文学副刊编辑。

广告刊登之日起，报名者排起长龙。经过面试，文化基础考试、专业理论考试三轮淘汰后，最后一轮只剩三人。

最后一轮考试是在总编辑办公室进行的，由总编亲自督考。

时间一到，总编便给三位应考者每人发了一份试卷。与其说是试卷，不如说仅仅是一篇短文。短文是打印到试卷上的，没有作者姓名也没有任何问题。三位考生一阵愕然。就在这时，总编走上主席台，坐定在主席台后，呷了口茶然后习惯地咳了两声，说："各位考生，这是本人最近发表在一家纯文学刊物的拙作，我觉得他能代表本人最近创作的最高水平。因此，突发奇想，发给大家做考试题目，希望大家做出公正的评判。考试时间只有四十五分钟，大家可以动笔了。"

明眼人一眼就可以看出来，这是一篇非常不成熟的小小说。小小说不但情节离奇，而且夸张，首读就缺乏真实感，而且，用词生涩，语句拗口，文法也有悖常识。就这样一篇文章拿到三位都有丰富创作经验，发表过数以百万字文学作品的考生面前做试题，实在是小菜一碟。要是平时，大家一定把它批得体无完肤。问题是，总编再三强调："这是本人最近发表在一家纯文学刊物的拙作，而且能代表最近创作的最高水平。"如果真要考生做出公正评判，他需要强调这些话吗？如果要大家真实判别水准，怎么会拿这样一篇稚嫩的东西来做考题？经过一番慎重考虑之后，有两位考生闭起眼唱起赞歌，把"总编"的这篇小小说与鲁迅的《一件小事》做了纵深分析之后，又与日本小小说之王新星一做了横向并评。最后两人都得出一个结论，这篇小小说是新世纪微型小说创作中又一块历史性的丰碑。而另一位考生吴志强却很不识实务，更不能体味总编"良苦用心"，我行我素，把该文批了个体无完肤。

想也不用想，最后被录用的读者都猜到了，那就是我，有人就会问：领导的文章你也敢乱批？说实话，如果真是领导的文章，我真不敢乱批，可能也会像其他二位考生一样唱赞歌。问题是领导在撒谎，那分明是我用笔名发表在一家文化报上的试验性的小小说处女作，他却巧取豪夺，大署特署，说是他创作的代表作。我不能不狂批吗？不狂批那才是蠢材呢？

养鹑记

　　市面上最近出产的一种经过技术变异的鹑类十分俏销。人们把它称之为彩鹑。彩鹑不仅外表美观，具有较高的玩赏价值，听说连下的蛋都是彩色的，而且营养丰富，一个小小的彩鹑蛋，能充当拇指般大小的人参。

　　朋友小章听到这个消息后，摩拳擦掌，跃跃欲试。来我家借钱准备购养彩鹑。我听人说此禽娇小脆弱，没特别的饲养技能，实难喂养。因此，劝他小心从事。小章不以为然，我只好到银行取钱借他。

　　几天后，小章通过熟人走后门从某饲养场弄来两百只彩鹑。当时，我去观看过，大小和普通鹌鹑一般，外观却像微型孔雀，全身布满彩色花纹，有紫有蓝有红有绿，煞是好看。特别是小翅膀一张，真有点孔雀开屏的意思。因此，有人称之为雀鹑。

　　小章买来十几个养鸡养鸭用的那种竹笼子，在笼子底垫上旧棉絮，往搭的饲养房一放，算是给彩鹑安家了。白天，阳光普照的时候，就把彩鹑拎出来晒晒太阳，晚上又拎回饲养间，点亮电灯照明。彩鹑吃的食物，显然不是普通食物，必须是特殊配方的。因此，小章每天都跑养殖场为彩鹑买特别饲料。在小章精心呵护和照料下，小彩鹑渐渐长大了。

　　小章全家眼巴巴地指望彩鹑早点产蛋。可到了该产蛋的时候，却没有一只彩鹑产蛋，小章好生纳闷，就到家禽饲养辅导站专家那儿去咨询。专家问他有多少母彩鹑多少公彩鹑。小章告诉他，两百只全是母的，专家连忙摇头，说："彩鹑虽卵生，但却和胎生的人一样，也需要公彩鹑催情，母彩鹑发过情以后，才可能产蛋。"小章听完恍然大悟，怒气冲冲跑到购买彩鹑的饲养场质问给他开后门的熟人。熟人大呼冤枉，说，全部给他挑母彩鹑纯属好心，他也不知道母彩鹑还需要公彩鹑催情。在熟人的斡旋下，小章多花一倍的价格用一百只母彩鹑从养殖场换来一百只公彩鹑。

在清一色的母彩鹑笼子里放下相应数量的公彩鹑后，反响就是不一样，原来死气沉沉的饲养房一下变得热闹起来。母彩鹑在公彩鹑乐此不疲的追逐下，发出叽叽咯咯的欢快叫声。不久，就有母彩鹑下蛋了。

彩鹑一下蛋，把小章给乐的，马上打电话催我全家过去吃彩鹑蛋。彩鹑蛋和鹌鹑蛋一般大小，只是外壳不同。鹌鹑蛋外壳是白色的，上面布有黑点。彩鹑蛋外壳是彩色的，有红有绿有蓝有紫色的斑点。彩鹑蛋吃起来果然又香又嫩，至于营养丰不丰富，是不是真有人参的功效，只有专家能测出来。我对真相的揭示无能为力。

彩鹑下蛋不久，小章就发现自己饲养的彩鹑产蛋率极低。而且有一部分彩鹑十分好斗，经常能见到一些弱小的彩鹑被啄得眼瞎毛脱，还死掉了不少。小章又不得不上辅导站咨询。专家告诉他：彩鹑的生活习性和人类似，吃大锅饭不行，它们在争食和抢夺异性时，不仅公彩鹑会发生啄斗，母彩鹑之间也常发生战争。这样一来，肯定大大影响产蛋率。要解决这个问题，必须分笼而治，实行一夫一妻政策。小章一听，觉得十分有道理。一回去便从市场上买来一百个鸟笼大小的彩鹑专饲笼。对彩鹑实行一夫一妻分笼而治。

自从彩鹑分笼以后，果然卓有成效，产蛋率直线上升。那段时间，彩鹑蛋的确为小章赚了不少钱，当初向我借的那点钱，很快就还清了。

可欣欣向荣繁荣昌盛的景象坚持不到一个月，产蛋率又在缓缓下降。经过仔细观察，小章发现：尽管每笼只有一公一母两只彩鹑，但啄斗事件还时有发生。有的笼子母彩鹑被啄得伤痕累累，公彩鹑围着叽叽乱叫；有的笼子虽然相安无事，但两只彩鹑皆无精打采。看此情形，小章又不得不跑辅导站，向专家咨询。专家一听完小章的叙述，就问小章："你结婚了吗？"小章觉得他问得蹊跷，但仍点点头，说："结了。"专家一本正经地说："那你肯定深有体会，人呢，一般在结婚三至五年，会对婚姻产生厌恶情绪，彩鹑也是如此，公彩鹑和母彩鹑在一起待久了，也会腻歪对方。特别是公彩鹑，容易喜新厌旧，这样一来，公彩鹑肯定对母彩鹑不再献殷勤了，反而经常啄伤母彩鹑，母彩鹑在这种环境下，情绪肯定比较恶劣。情绪恶劣，产蛋率下降也就再所难免。"专家还准备继续往下说，小章便有点迫不及待，一摆手，说："你不用再解释，我知道该怎么做了。"便匆匆回家，一到家里，他马上把笼中的公彩鹑拎出来逐笼进行调换。此法真的立竿见影。饲养室又恢复了热闹非凡的场景。

此后，小章隔三岔五就要给母彩鹑调换异性伙伴。

事隔三五个月，他又发现这招失灵了，不管是公彩鹑还是母彩鹑，都耷拉着脑袋闭着眼，露出一副垂死的样子。产蛋肯定大不如前。小章又失去主张，再次拜访专家。小章刚把事情说完，专家马上摆了摆手，说："你养的彩鹑算完了。"小章吓了一跳，忙问："怎么就完了呢？"专家露出一副痛心疾首的样子，问："你了解妓女吗？"小章当时被专家问得脸青嘴白，头摇得像拨浪鼓似的。专家也不看他的表情，只顾说自己的："找过妓女的人都知道，妓女这辈子算玩了，根本没有爱情可言。问题是，你饲养的母彩鹑，在不知不觉中就被你逼良为娼了。经历过那么多公彩鹑之后，母彩鹑它们感觉都麻木了。母彩鹑对公彩鹑不再感兴趣，公彩鹑还能取得催情作用吗？在这种情况下，母彩鹑不下蛋，也就不足为奇。"

　　小章听完，吓得面如土色，惊惶失措地问："那我该怎么办呢？"专家摇摇头耸耸肩说："除了卖掉它们挽回点损失，我也黔驴技穷、无计可施了。"

　　小章失魂落魄地回到家，碰到在广州经营夜总会的小舅子来他家串门，小章就把前因后果一一道给小舅子听，小舅子听完，一拍大腿，说："这有何难，不就是母彩鹑对公彩鹑不再感兴趣吗？我明天从广州给你空运一百只公雀过来，母彩鹑没见过公雀，听到公雀唧唧喳喳的叫声肯定春情大发，神魂颠倒。"

　　小章的妻子一向不爱插嘴，听弟弟这么一讲，似乎醍醐灌顶，一拍手，叫道："妙，实在妙，人猎奇，动物不也一样猎奇吗？"

　　小章闻听，眼瞪得像灯泡似的看着自己的妻子，好半天说不出一句话。

保姆之死

刘镇长家又遭盗窃了。

这是刘镇长家第三次遭窃。刘镇长家已装了三层防盗门两层防盗窗外加一个铁栅栏，可盗贼还是轻而易举将防盗门的锁一一拨开，撬开保险柜，将刘镇长这个月刚刚收到的三万块礼金和一包金银首饰全部盗走。

刘夫人回到家一看此情景，马上发羊癫疯般抽搐起来。接着放声恸哭，边哭边破口大骂："千刀杀万刀剐的贼呀，吴家不偷王家不偷偏偏偷我刘家……"坐在一旁直发呆的刘镇长闻听，立即闪到门边，将门关严，然后回到内屋，捂着妻子的嘴，把声音压得低低地说："姑奶奶，你就别哭了。已够乱的，还想让天下的人都知道我们丢了多少钱吗？"刘夫人马上明白过来，不敢乱哭乱叫了。她泪眼蒙眬地看了看刘镇长，抽抽搭搭地问："那我们怎么办，几万块现金和金银首饰难道就这样让人白偷了？"刘镇长长长叹了口气，说："那你想怎样，难道还去报案不成，让人来查我们收了多少礼金贪了多少钱？"

"那我们也不能被打落牙偷偷就往肚子里吞呀，这已第三次被盗，损失十几万啦。这贼分明是冲着我们来的，你堂堂一镇之长，难道就想不出一点办法对付一个毛贼吗？"刘夫人越说越激昂，越说越气愤。不由自主地双手一叉腰，又露往日专横和霸道的本性。刘镇长一副无可奈何的样子，说："你也知道我是镇长，不是派出所所长，如果我是派出所所长小王，这事就好办啦！"这句话立即提醒了刘夫人，声音立即缓和下来说："上次我碰到小王，听口气，咱家前两次遭贼，他好像知道。非要帮我们查查，我还真想把事情告诉他。抓住那贼好好出口恶气。"刘镇长一听，"刷"地站起身，脸色大变，把声音压得低低地指着妻子说："你这张乌鸦嘴啊，事迟早要坏在你这嘴里，小王那个人我还不清楚，一个大老粗还指望他能帮你藏个什么事儿。再说，派出所上下好几十口人，谁能保证他们个个守口如瓶，你知道哪天哪个人会把咱当仇人给捅出去。"刘夫人一向在家骄横惯了，见刘镇长这样指着鼻子教训自己，"腾"地一下火也上来了，不管不顾地大叫起来："事情捅出去怎么的，全镇的人都知道又能拿我姓蒋的怎么样，你顶不住还有我爸在上面顶着呢。我看你出息就出息在漂亮女人身上，多么难搞的女人你也敢搞，遇到其他的事就怕这怕那。如不是我爸，你今天说不定还是修锁匠，更别做梦当镇长了。"噼里啪啦，刘夫人一阵雷烟火炮，把刘镇长给挤兑得脸青嘴白，气得浑身直发抖说不出一句话，就在这时，门铃响了。镇长夫妇立即停止了争吵，慌慌张张收拾了一下现场，就匆匆忙忙去开门。保姆带着刚放学的刘家大少二少回家了。

　　下午一吃完饭，刘镇长就要赶到市里去开代表大会。一个礼拜后才能回来。临行前，他一再嘱咐妻子，不要把事情闹大了，免得惹火烧身。刘夫人冷冷看了刘镇长一眼，没有作声。她始终咽不下心中那口恶气。刘镇长一走，刘夫人马上把房门紧闭，悄悄给镇派出所的王所长打了个电话。不到十分钟，大腹便便的王所长就开着北京吉普到了刘镇长楼下。刘夫人一见到王所长，就质问他："小王，你怎么就开着吉普车来了呢，兴师动众的。"王所长一听，知道话里有话，满脸赔笑地解释："嫂子，派出所离这儿好几里路呢，总不能叫我走到你家来吧。""开来就算了。"你进来，刘夫人把手一招，把王所长招进了内室，她先给王所长泡了一杯上好的茶。没等刘夫人开口，王所长先开口了。"嫂子，你找我肯定有事吧，有事尽管开口！"刘夫人搓了搓手，在一旁坐下，"王兄弟，嫂子的确有点事找你，是一点私事。"王所长大手一挥，说："嫂子，尽管讲吧，我王某人是刘镇长和你爸蒋县长一手提拔的，你开口我决不打半个哈哈。"刘夫人见王所长如此豪气，也就不再隐瞒了。"王兄弟，不瞒你说，今天我家又进小偷啦！"刘夫人不敢一口气把事儿说完，她看了看王所长的脸色，显然，王所长很惊讶，他突然义愤填膺一拍桌子，失声叫道："谁吃了豹子胆，偷到镇长家啦！""兄弟，你小点声！"刘夫人吓了一跳，连忙把手指伸到嘴边，轻轻嘘了一下，站起身把窗户全关严了，王所长感到自己鲁莽，立即降低了声音，问："这事是什么时候发生的？"

"今天中午我们下班回家发现的。"刘夫人说。

"家里没其他人吗？"王所长问。

"没有，保姆一大早就让刘镇长叫她出去办事了，中午接孩子放学才回来，比我们晚一点。"刘夫人说。

"偷了什么贵重的东西没有？"王所长问。

刘夫人犹豫了一下。王所长看出刘夫人的心思，马上伸出手掌指着天，说："嫂子，你尽管对我说，我王某人若把此事透露出半点，你让蒋县长撤我的职，让刘镇长逮我全家。"刘夫人这才松口气，掀开旁边被撬烂锁的保险箱。说："这是刚换的新箱子，里面的东西全被盗走了。"具体丢了什么有多少钱刘夫人没说。王所长也很知趣，不再追究。仔细摸了摸锁痕，眼睛锐利地看了看保险箱上下，说："这是个惯偷。除非是懂得开各种锁的人，否则，无法打开这种保险装置。"刘夫人闻听，又把王所长带到大门口，让他看防盗门。王所长摸了摸锁孔，又回到室内仔细察看了一遍双层防盗窗，说："嫂子，你别说我多嘴，看这情况，根本不是外来的人盗窃作案。尽管防盗门上的锁被弄得坑坑洼洼，可内扣没半点撬伤，证明是用钥匙打开的；窗户完好，完全可排除穿窗而入的可能。""你这么说，是有内贼。"刘夫人眼睛瞪得像灯泡似的盯着王所长，王所长很有把握地点点头，道："应该是这样，凭我二十年的侦破经验绝对不会看错。""可我家除了两个小孩，刘镇长和我，就剩一个保姆啊，而且，这保姆还是我们刘家一位远房亲戚。"刘夫人陷入沉思之中。王所长尴尬地一笑，忙解释说："嫂子，我不是这意思，我是说你们有没有丢过钥匙，或钥匙被人配制过，跟你们钥匙有关的人就有可能做案。""我们的钥匙捏在手里一向很紧，孩子身上从不带钥匙，只有保姆能要到我们的钥匙，难道是他……"刘夫人眼中立刻充满了杀机，弄得王所长不知所措。

当天，保姆就被王所长秘密带回了派出所。

第二天，王所长打来电话，说："嫂子，你家这个远房表婶，哦，不对，你家保姆的嘴相当紧，就是不肯透露一点口风。我不大好下手啊！"显然，没得到刘夫人的口允，王所长不像对待普通疑犯那样对待她这位远房表婶。刘夫人咬咬牙，以命令的口吻说："你想尽一切办法撬开她的嘴，出了事，全由我顶着。"看样子，她真对盗窃的人恨之入骨了。王所长闻听，像领到尚方宝剑似的立即回答："我保证把事情查个水落石出。"然后把电话给挂了。当天下午，刘夫人又接到王所长的电话，他颤抖着声音结结巴巴地在话筒里告诉刘夫人："保姆在审讯时心脏病突发给吓死了。"刘夫人闻听，当即瘫倒在地。

刘镇长家的保姆一死，消息就像长了翅膀似的传遍了全镇。等刘镇长满面春风从市里开完代表大会回到家里，保姆的儿子和女儿已把镇长全家和镇派出所告上法院。

几个月后，在法庭上，刘夫人把事情弄清楚，家里三次遭窃，皆是刘镇长为了包养情妇自己制造的假案，保姆根本就不知道内情。

在审判台前，刘夫人对遭暴打致死的保姆没半点忏悔之意，她站在被告席上一把鼻涕一把泪，都是悔恨自己以前把刘镇长的钱袋管得太紧，要不然，就不会盗窃自己保险柜的钱了，也就不会有今天这个结局。

人皮鹦鹉

钱局长的鹦鹉不见了。

派出所的赵所长接到电话立即带来了一班人马，来到钱局长家展开侦破工作。

晨练的时候，钱局长把那只绿皮鹦鹉挂在阳台天花板的倒钩上。但不知什么原因，等钱局长从外面吃完早点回来，发现笼子掉到了地上，笼子门掀开了，绿皮鹦鹉不知去向。把钱局长急得在阳台上搓手顿足，围着笼子团团转。绿皮鹦鹉是一位中央当干部的学生送给他的，不仅能说一口流利的人话，还会说几句时髦的英语，深得钱局长宠爱。

赵所长见过那只鹦鹉，不仅活泼可爱唇齿伶俐，而且有辨人的本领，赵所长一进钱局长家的门让鹦鹉看见了，它大老远就会叫起来："欢迎赵所长，请坐请喝茶，把赵所长逗得乐得脸上直开花。"以后每次来探望钱局长，赵所长都忘不了给鹦鹉带点好吃的食物。

看着空空的金丝鸟笼，侦破老手们都犯愁了，不知这案从何开始着手。

"一个个愣着干什么，还不给老爷子找鹦鹉去，没找到鹦鹉今天别想下班回家。"

大家听头儿这么一呵斥，纷纷出门，找鹦鹉去了。

"老爷子，你千万别着急，他们一个个都是侦查好手，一定能把鹦鹉给你找回来。"赵所长在一旁安慰钱局长。

钱局长失魂落魄地干笑一声,说:"小赵啊,让你费心啦,我知道,两条腿的罪犯易抓,长了翅膀的鹦鹉难找啊!"

"老爷子,这就是你不信任我了,别说鹦鹉这么大的活物。就算一根针一根带血的头发,我们也将不遗余力地把它找出来,把案给破喽。"

听赵所长这么一说,钱局长稍稍有了点信心。转过头,用信任十足的口吻跟赵所长说:"小赵啊,其实呢,鹦鹉飞了也就飞了,没什么大不了的,只是少了点乐趣而已。问题是这鹦鹉贼精,见人说人话,见鬼打哈哈。在我家待了这么多年,耳染目濡了不少事情,万一它落到某些别有用心的人手上,乱说乱叫,会给我造成不良影响啊!"

起初,赵所长还天真地以为钱局长是因为喜欢鹦鹉才这么紧张,现在他才明白,老爷子是怕鹦鹉泄露了他家庭机密。赵所长也随之紧张起来,忙站起身,说:"老爷子,那我也用不着了,帮你找鹦鹉去,一有消息马上通知你。"钱局长见状,招了招手,赵所长马上把耳朵贴了过来,钱局长只说了一句:"活见鹦鹉,死要见尸。"赵所长心领神会,不停地点头:"一定,一定。"就匆匆出门找鹦鹉去了。

赵所长一出门,钱局长重重地倒在沙发上,得了大病似的。

临近中午,钱局长埋在沙发里睡得迷迷糊糊。忽然听到门外传来鹦鹉熟悉的叫唤声。钱局长以为是赵所长带人把鹦鹉找回来了,猛地从沙发上弹起来,开门一看,发现自己快上初中的孙子正站在楼梯口跟一伙同学逗弄自己那只绿皮鹦鹉,鹦鹉大概看到钱局长了,"扑棱"一下挣脱玩弄的小手,稳稳当当飞到钱局长肩上,尖声尖气地叫唤着:"老爷子,好险,好险!"钱局长见状,气呼呼地奔下楼梯,不容分说,拎起孙子就狠狠地揍了一顿。孙子鬼哭狼嚎找他妈去了。望着孙子的背影,钱局长不停地拍打着自己的胸口,连连说了几声"好险，好险"，就回房跟赵所长打电话去了。

　　第二天，赵所长找钱局长，路过他楼下垃圾堆的时候，看到了那只绿皮鹦鹉。不过，已被人用手活活给掐死了。上楼后，赵所长发现钱局长的阳台上吊了一对活蹦乱跳的小画眉。

　　不久，赵所长调到了市公安局成了钱局长的心腹。

　　后来，眼看功德圆满就要退出官场的时候，钱局长被人偷偷给举报了。结果，中央当干部的学生也保不了他。落得晚节不保，坐了牢。

　　再后来，做过所长的赵副局长代替了钱局长在市公安局的正职，成了赵局长。

　　钱局长做梦也没想到，自己掐死了一只心爱的绿皮鹦鹉，最终又被一只披着人皮的黄皮鹦鹉给出卖了。

绑 架

四凤从工厂下班回家，刚进门，电话铃就响了。四凤连鞋都没来得及换，就匆匆去接电话。

"喂，找谁啊！"四凤对着话筒问。

对方没说话，先干咳两下，接着传来一个嗡声嗡气的声音，说："你儿子在我手里，请准备好三千块钱，要不你等着收尸吧！"四凤以为是熟人跟她开玩笑，就对着话筒骂了一句："神经病！"便气呼呼地把电话给挂了。四凤刚放下话筒，电话铃又响了，这次，她没听到嗡声嗡气的腔调，但话筒里传来儿子凄惨地喊救命的声音。四凤大惊失色，开口刚想问什么，不料对方啪地一下把电话给挂了。这次，四凤相信儿子真的被人绑架了。捏着话筒，四凤只感到眼冒金星、天眩地转，接着瘫倒在地上号啕大哭，不知如何办才好。幸好，丈夫王槐及时赶到。四凤把儿子遭绑架的事一五一十地告诉了丈夫。男人就是男人，遇事冷静沉着。

"不就是要三千块钱吗？你去取钱，我在这里守电话。"

不想，四凤把王槐叫到内屋，让他把衣橱移开。然后，从没刷石灰面的墙上扒下一块活动砖头，伸进手从墙内取出一个小铁盒。四凤再从贴身口袋掏出一把很小的钥匙。把小铁盒打开后再揭去一层布，里面露出一叠厚厚的百元大钞来。当时把王槐的眼都看直了，他做梦都没想到，妻子会藏有这么多私房钱。要是平时，四凤无论如何不会把这笔钱掏出来的，但为了救儿子的命，四凤只好忍痛割爱。四凤刚把三千块钱交到王槐手上，电话丁零零地响了起来。王槐又把钱交还给妻子，三脚并两步去接电话。交谈了几句，又回到内屋，一副惊惶失措的样子对四凤说："绑匪立即要我们把钱送去，而且一口咬定要5000块，否则马上撕票。"四凤闻听，不乐意了，把铁盒往怀里一抱，说："怎涨得这么快呢，我看还是报警算了。"王槐一听，马上急了，大声问道："儿了的命重要，还是5000块钱重要？现在的绑匪嚣张得很，说撕票就撕票，他们到处都是眼线，我们一报警，他们肯定知道，儿子百分之百不能活着回来。"她细想想丈夫的话也对，上次电视新闻就报道过一个男人为了上餐馆吃顿好的就用铁锤敲死一个护士，结果抢了三十几块钱。像这种案件比比皆是。自己就这么一个儿子，万一出了差错，那可怎么得了，想到这儿，她忙问丈夫："哪儿交钱？"王槐说："绑匪很狡猾，叫我下楼后过十字街，到十字街后再打电话通知我往哪儿去。并说只允许我一个人送钱，看到两人马上撕票。"四凤闻听，马上取出5000块钱交给丈夫。出门前，四凤一遍又一遍叮嘱，叫丈夫小心行事，千万别逼急了歹徒。王槐怀惴着钱，匆匆下楼离去。

四凤在家度日如年，左等丈夫没回来，右等丈夫也没回来，绑匪也再没打过电话。眼看时间一分分地过去。四凤终于憋不住了，怕丈夫和儿子有什么闪失，拨通了派出所的电话。报案不到十分钟，派出所就调出几位得力干警到了四凤家。大家听四凤一叙述，觉得这期绑票案特别奇怪。首先在勒索数额上让人怀疑，其次时间也过于匆促。作为受害人家属之一的王槐其言行也有点不合常理，听四凤介绍，他显得过于理智。就在干警们百思不得其解之时，王槐竟然领着儿子回来了。干警立即把王槐父子带回派出所协助调查。最后查出，绑架一案纯属虚无，事件的前前后后皆是王槐父子一手策划的。据王槐交代：前几天老家来人，告诉王槐他母亲病重，急需要一大笔钱治疗。兄弟几个都希望他多带点钱回乡下给母亲治病。但钱全部捏在媳妇四凤手里，被她藏起来了。他媳妇四凤本来就是个一毛不拔的铁公鸡，再加上一直和婆婆小叔子们不合。所以，王槐每次提出拿点钱回乡下给母亲看病，尽点孝心，一次次被四凤给拒绝了。读初中的儿子王化也觉得母亲做得有点过分，但拿母亲也无可奈何。不得已的情况下，父子俩才一起合演了这起绑票双簧戏。王槐拿了钱去了这么大半天，就是和儿子把钱送到乡下去了。

尽管王槐出于孝心绑架自己儿子勒索自己的钱，但铁法无情，还是被派出所拘留了十五天。儿子王化因未成年，派出所只给他提出警告。

官　事

　　小孙在市政府发展研究中心工作，一待就是十年，这十年，有的同事早就升了，官比自己高几级；有的辞职下海，成为腰缠万贯的大款；唯有小孙一直没变，仍是普通的科员。

　　小孙没别的嗜好，业余时间喜欢拍拍照。那天，正逢双休日，小孙挂上相机，戴上太阳帽，骑上摩托车就去了动物园。他打算到动物园拍一组动物的照片。买门票后，小孙先绕到假山背后，那里有一条人工小溪，小溪水很浅，只有1米来深，清澈见底。小溪内并没有别的东西，只有一尾尾红得透明的小金鱼。小金鱼很可爱，眼睛凸鼓眼珠墨黑，在水里悠悠然地游着。金鱼们早已习惯川流不息的脚步声，一点儿也不怯场。其中有一尾大肚金鱼引起小孙的兴趣，趁着它吐水珠时，小孙把它抓拍下来并把这张照片命名为"金鱼吐珠"。拍完金鱼，小孙沿着小溪往山坡上爬，准备穿过小树林找猴山，拍拍好勇斗狠的猴子。刚到坡顶，他突然发现南坡一对男女由南往北走上坡来。男的五十岁开外，戴着一顶太阳帽，手拄一根拐杖，穿着一身洁白的休闲服。女的二十几岁，长得很漂亮，身材苗条，穿得一身火红，正紧紧攀着男人的手，缓缓向小孙的方向前行。女的小孙没见过，但男的他认识，是市政府发展研究中心副主任王铁成。他正和自己的上司李劲松争夺市政府发展研究中心主任的位置。当时，小孙想：要是自己能帮李副主任争取到正职，自己仕途上不就有靠山了吗？说不定李劲松升职也就是他小孙升职的时候。想到这里，他偷偷闪到一棵大树后面。他肯定那个年轻的女人是王铁成的情妇后，取下照相机调好焦距，把镜头从空隙中伸出去，两人一靠近，小孙便咔嚓咔嚓连拍几张。等他们到达坡顶时，小孙又给他们补了几张特写。有一个动作他拍了好几次，那就是女人风情万种地把头偏到了王铁成肩头。这个动作最能体现他们关系非同小可。等他们下坡的时候，小孙又补了几张背影照。下了坡，全是空地，没有遮盖物。为了防止暴露目标，小孙也就没跟踪下去。小孙唯一感到遗憾的是，没听清他们一句对话。因为他们说话声音太细了。

王铁成和他的女人一走，小孙也没有心思拍动物了，匆匆出了动物园，骑着摩托直接去了冲印部。不久，照片冲了出来。小孙美滋滋地怀揣着照片，一路高歌敲响了上司李副主任家的门。开门的正是李副主任。显然，李副主任见到小孙时感到有点意外。

"小孙，找我有事吗？"李副主任瞟了一眼小孙。

"李主任，给你弄了点东西回来。"小孙伸手要往怀里掏东西，被李副主任给阻止住了。

"你别急，进屋来说。"说着，李副主任就把小孙领进屋。小孙也没来得及和他家人打招呼，就跟着李副主任进了内室。等李主任把门关严，小孙才把照片掏出来，手有点抖。

李副主任一见到照片四眼放光，显然他对照片很感兴趣。

"小孙，这东西从哪儿弄来的？"

"刚才到动物园碰上拍的，我想，这可能对您会有用，没敢耽误，就送来了。"

李副主任捏着照片，观赏了许久，边看边自言自语："王铁成啊王铁成，我们斗了十几年，你终于让我抓到尾巴了，谁叫你这么不检点。"然后又抬起头，用赞许的目光看了看小孙，说："年轻人反应快，有前途。"听李副主任这么一夸奖，小孙心底激动得汹涌澎湃。李副主任要留小孙吃饭，被小孙给拒绝了。

第二天上班时，小孙本以为会发生些意想不到的事情。但四周一看，气氛并没什么不同，看报的看报，喝茶的喝茶，工作的工作，聊天的聊天。第三天、第四天……一切正常。

直到半个月后，李副主任把小孙叫进了办公室。一见到小孙，就拉着个脸从抽屉里抽出一叠照片摔到小孙面前，把小孙吓了一跳。

"你看看你都办了些什么事，我还以为你打听清楚摸准了才拍了这些照片，你弄都没弄清情况胡拍乱拍，这次丑真出大了。"

小孙知道，这些照片闯大祸了。因此，只是低头，不敢说话。

"你知道照片中的女人是谁吗？"李副主任指着照片喝问。

小孙低着头，仍不敢吭声。

"那是人家的女儿，那是王铁成在美国念书的女儿，叫李娜！"

这时，小孙才恍然大悟。他把头埋得更低了。

不久，王铁成被调升为市政府发展研究中心的主任，李劲松被下贬到一个穷乡僻壤的镇上任职。不受影响的，依然是小孙，他还是市政府发展研究中心一位普通科员。

失踪之谜

　　那天是双休日，小梁带着刚学会走路的孩子去公园游玩。父子俩玩得正高兴，小梁突然觉得下身饱胀，于是，把孩子放在凉亭旁边，再三叮咛儿子"千万不要乱跑"，自己则屁颠屁颠去上厕所。待解完急，小梁匆匆忙忙地从厕所出来，发现刚才还坐在凉亭石椅上的儿子不见了。起初，小梁还不着急，认为儿子没见自己，去找自己，于是在四处搜寻探问。但翻遍了差不多半个公园，也不见儿子的影子。这时，小梁心里咯噔一下，心想：儿子是不是让人给拐走了？额头渗出一粒粒豆大汗珠，他哆哆嗦嗦掏出手机向家人求援，妻子和父母闻讯，失魂落魄地打的赶到公园，对公园进行了缜密的搜寻，要是谁不小心掉了一根针，我估计他家人都能发现，可唯独一个二十多斤重的孩子，没见到踪影。寻找无果，小梁的妻子瘫坐在地上号哭不止，边哭边对着小梁痛骂不止。小梁当时也懵了，不知如何是好。还是小梁的父亲理智，拄着拐杖，到附近派出所报了案。

　　从派出所回来，天已黑透了，城市街道灯火通明，小梁和他父亲分别架着梁妻和梁母垂头丧气地回到家里。当天晚上，全家一粒米都未沾牙，一宿也没有合眼，屋子里除了梁妻的咒骂声，父亲的哀叹声，就是小梁用拳头不停擂打脑袋的声音。

　　第二天一大早，小梁就去了派出所。派出所所长一上班，就出动了大批的干警四处寻找，并和附近几家派出所取得联系，请求他们协助。

一天、二天……一晃半个月，孩子杳无音信，妻子和母亲都病倒了，一日三餐滴水不进，靠输液维持生命。眼看寻找儿子无望，小梁扑通一声跪在所长面前，派出所所长也显得无可奈何，他建议小梁去报社和电台登个寻人启事，所长的建议让小梁看到一线希望。

令小梁意想不到的是，寻人启事登出半天，便有人打来电话，声称他们在公园游玩时拾到一个迷路的小孩，并约好小梁下午吃完饭在公园凉亭见面。小梁如同被电一击，立即从沙发上蹦起来，到医院把这个喜讯告诉了妻子和母亲。婆媳俩一听，立即拨掉插在手上的针头，要和小梁一起去公园见孩子。

送小孩来的人是位中年妇女，看样子刚从农村来的，笑起来一脸憨相，怀里抱着的不是别人，正是小梁的儿子。小梁一行四人，见了孩子后，如同几只饿虎，同时扑了过去。爷爷奶奶抱着孙子两只脚，爸爸妈妈一人占着一边脸，嘴巴喳喳地亲个不停，亲着亲着，小梁的泪水就下来了，妻子这是头一回看到小梁流泪。

孩子非常健康，没有半点受委屈的迹象，当小梁把孩子从中年妇女怀中"抢"过来的时候，孩子的手还死死缠着中年妇女的脖子，显然半个月来，孩子和她有了感情。他不停地叫着：我要胖娘娘，我要胖娘娘。

中年妇女立即成了梁家的大恩人，他们迎菩萨般地将中年妇女迎进自己家中，买鸡买肉，买蟹买虾。

在餐桌上，中年妇女称她是在公园捡垃圾时无意中遇到孩子的，并抱着他在公园里转悠了半天，试图寻找孩子家人，可到天黑一直未遇上。没办法，她就把小孩抱回家，小孩一到她家里，就再也不愿出门。整天和她的孩子一起玩，直至报上登了寻人启事和照片，才和他们联系上。

显然，这半个月，眼前的女人对孩子不错，要不然，他不可能这么白胖，更不会抱着她不放，言语中，中年妇女也透露出自己家庭不幸，丈夫瘫痪在床，孩子嗷嗷待哺，全靠她拾垃圾为生。

"大姐，有什么困难尽管说，我们就是砸锅卖铁也要帮你。"小梁喝得满脸通红，显示出一种从未有过的豪爽。

"这孩子我们知道，挑吃、挑喝"，梁母不停点头赞同儿子，"半个月来，你肯定花了不少钱，闺女，你说个数吧，多少钱，我们付你。"

梁妻见婆婆这么一说，马上钻进卧室去拿钱。

起初，中年妇女说什么也不要，后来经不住梁家人的诚意，才显出一副不情愿的表情把钱收了。一摸便知，那叠钱决不会少于两千块。

聊到半夜，全家人依依不舍把中年妇女送到出租车上，目送她远去。

那一夜，是梁家人睡得最甜蜜的一夜。

小梁儿子找回来不到半个月，一位住在同一城市的朋友突然打来电话，说他儿子也丢了，并请求他们全家出来帮忙寻找。结果，整个城市里里外外翻找了三天，仍见不着小孩的身影。小梁又到报社和电台帮朋友登了则寻人启事。

新闻就是新闻，效果极佳，启事登出的第二天，朋友就给小梁打来电话，欣喜地告诉他，儿子有下落了，并邀请他一起去见自己的儿子。

朋友约好捡儿子的人在一家宾馆门前见面。时隔不久，一位妇女准时出现。怀里抱着朋友胖胖的儿子。小梁一看拾主，惊讶得大叫起来："这不是捡到我儿子的大姐吗？"

同时，中年妇女也发现了小梁，但非常镇定，好像她根本就不认识小梁似的。小梁准备上前打招呼，不料，小梁朋友全家如翻滚的潮水般向中年妇女涌去。小梁被挤到一旁。

　　见到儿子，朋友比小梁更豪爽，更迫不及待地报恩，早就准备好一大叠钞票，塞到中年妇女手中，结果，小梁还未来得及向中年妇女打声招呼，人家便声称有急事打的匆匆走了。

　　小梁朋友儿子抱回来不久，小梁对门邻居家又出事了，他家两个刚上幼儿园的双胞胎也丢了。

　　一个星期后，小梁在电视中看到一则新闻，市公安局经全力侦查，破获了一系列拐诱藏匿幼儿的案件。

　　在电视画面中，小梁认出一个人，她就是收留自己儿子达半月之久的中年妇女。

　　当小梁把这事告诉妻子和父母时，他们都摇头不相信，怀疑小梁看错了。

　　"那么好的一个女人，怎么可能……"

杀人疑犯

　　那是一个并不怎么安静的茶馆，特别是靠东边的那个角落。一位戴眼镜的白面书生和一位胡子拉碴的彪形大汉正争论得面红耳赤。只见大胡子用指头戳着桌面激动万分地说："你不该让丰韵犹存的寡妇这么快就死去，更不应该杀掉她女儿，那可是一位倾国倾城貌美如花的姑娘啊！我认为寡妇的姘头应该千刀万剐，他不仅贪污受贿，和寡妇偷情，还和她女儿乱伦。"眼镜闻听，脑袋摇得像拨浪鼓似的，说："不，寡妇的姘头是被寡妇利用了，他没有杀过人，罪不当死。寡妇却不同，她不仅在几年前分尸了自己的丈夫，还杀死了一位追查她的警察。她应该得到报应，尽管法律对她束手无策。逼她自杀我算对她够仁慈的了。"大胡子死气白赖地问："那寡妇的女儿呢，多么好的青春年华，又美貌如花，为何不给她改过自新的机会，最后非要杀死她呢？"大胡子一提寡妇的女儿，眼镜立即瞪大了眼睛，似乎跟姑娘有不共戴天之仇，说："她更该死，不仅帮寡妇谋杀了亲生父亲，还帮助寡妇杀死了正义的警察。十三岁便跟母亲的姘头上床，还借助流氓头子的手报复自己的男朋友。她因为滥交而染上艾滋病，又肆无忌惮地把病毒传给所有跟她上床的男人。如果不杀死她，她会害死更多无辜的人。"大胡子见自己无法改变眼镜的观点，无奈地摇摇头，将杯中的茶一饮而尽，干脆站起身，咬着牙齿用拳头擂了擂茶桌，不无威胁地说："好吧，既然不听我的意见，你就自己单独去干吧，我可没耐心奉陪，我得走了。"说完，他拿开椅子，转身就准备离开。就在这时，他发现四周围满了人，他们都紧紧地盯着自己和自己那位还沉浸在激动状态无法自拔的伙伴，一个个怒目而视。最关键的问题是，靠近桌子还有两位全副武装的警察。显然，他们已在旁边站了许久，并对他们刚才激烈的对话充满惊讶和浓厚兴趣。

"诸位，我看还是让条路吧，没什么好听的，人们不过是因为工作需要才发生了一些难以避免的争执。"大胡子拨开人丛就准备往外走。

"两位，我看你们还是别忙着回去，先跟我们到警察局走一趟吧！"说话的时候，胖警察和瘦警察不约而同分别向大胡子和戴眼镜的白面书生扑去。两人还没完全反应过来，双手便被锃亮的手铐严严实实给铐住，并被死死按翻在茶桌上。桌上的茶水全洒了出来，浸湿了眼镜和大胡子半边脸，他们同时尖叫起来并极力挣扎着。胖警察见状，立即号召警民合作。茶馆老板和胆大的看客们一听到号令，纷纷扑上来，帮助两位为民除害的公仆牢牢控制住两位杀人嫌疑犯。胖警察这才有机会腾出一只胖手从腰间拔出对讲机。

"冻拐冻拐，我是黑猫，在立都茶馆抓获两名杀人疑犯，请速派人支援，请速派人支援。"

刚开始被抓，眼镜和大胡子仅嚷嚷着说："你们这是干什么，怎么在大庭广众之下抓人，你们会犯错误的。"一听胖警察对着对讲机讲他们是杀人嫌犯，知道事情严重了，于是杀猪般号叫起来："你们弄错了，我不是杀人犯，你们抓错人啦！"可根本没人理会他们。

不到几分钟，一位威严的中队长带着一帮手下开着警车呜呜地赶到立都茶馆，支援现场的两位警察。就在他们拨开人群准备将嫌疑犯带回公安局严加审讯时，不料一位执行任务的警察对着大胡子惊叫起来："这不是电影导演郭大炮吗？"大胡子听到这句惊叫，犹如溺水之人抓住救命稻草，不停点头说："是啊，我就是电影导演郭大炮，你们肯定看过《绿高粱》吧，那就是我执导的。"

一胖一瘦两位警察一听，有点云山雾罩，忙对着惊叫的同事问："你是不是认错人了？半个小时之前，茶馆老板打电话到公安局，说有两位杀人犯在这里喝茶。我有点不信，就匆匆忙忙和瘦子赶过来。一进门，果然听到这两位在此大放厥词。别看他们老老实实，没逮他们之前，他们旁若无人坐在这儿为杀两个女人争论不休呢。你没听到他们当时的口气，杀个人就像杀只鸡似的那么容易。这儿所有喝茶的人都听到了，你们说是不是？"

眼镜闻听，哑然失笑，淌着眼泪解释："大胡子的确是导演郭大炮，我是编剧刘北山，我们刚才争论不休是在讨论剧本呀。我们要杀的两个女人那是剧本人物，可不是真实生活中的人呀！"

眼镜话音刚落，人群一片哗然。这时，大胡子想起了一件东西，对着仍紧按住他不放的胖警察说："你要不信，翻翻我们衣兜，我衣兜里有导演证呢？"胖警察闻听，毫不客气地把手伸进去，从大胡子兜里掏出一个红本本，上面印有三个烫金大字：导演证。眼镜见状，发现新大陆般地叫起来，"我把这茬都忘了，我也带了证件，你们拿出来好好瞧瞧，看你们有没有抓错人。"瘦警察半信半疑把手伸进他衣兜，也搜出一张编剧证。这下两人明白过来，的确抓错对象了，慌慌张张掏出钥匙，帮眼镜和大胡子打开手铐，不住地赔礼道歉。大胡子和眼镜捏了捏已被铐肿的手腕，丢下一句："不用道歉，我们还是法庭上见吧！"便拨开人群，怒气冲冲地走了。

胖瘦警察知道捅马蜂窝了，连忙向年长的中队长求救。中队长无能为力地摇摇头，说："你们还是耐心等着法院的传票吧，检讨我就不让你们写了。"说完中队长一挥手，带着队伍撤退了，把一胖一瘦两位警察晾在茶馆里，看客们也作鸟兽散。

　　胖警察看看瘦警察，瘦警察又看看胖警察，然后不约而同看了看正尴尬不已地站在收银台旁边的茶馆老板，拎着手铐毫不犹豫地向他扑去。谁叫他报假案呢？

匿名信

　　白校长那天一主持完全校师生代表大会，就回到自己办公室。一推开门，便发现水泥地上躺着一封黄色的信，白校长纳闷，弯下腰把信捡起来，仔细一看，信封正反两边都没有一个字，更没邮电局发信的邮戳，封口被胶水粘紧了。白校长想，这信肯定是学生写给自己的，有什么冤情弹劾哪位老师。于是，关上门，坐到办公椅上准备认真看看。白校长把封头撕开，封内露出一张雪白的纸，抽出信纸展开一看，上面黑色墨水写着一行钢笔字："白校长，你的一切行为都是白痴行为，你的每句讲话，都是典型白痴说的蠢话。"看完这行字，白校长当时就从柔软的沙发椅上蹦了起来，捏着那张纸一边哆嗦一边自言自语：现在的学生都要翻天了，连校长都敢愚弄。

　　整整一个中午，校长都把自己关在办公室里，把那行字研究了不下一百遍，可始终未能从字里行间发现一点蛛丝马迹，急得他在办公室走来走去。最后，还是给几位副校长和办公室主任打了个电话，把他们召进来，把匿名信狠狠往办公桌上一丢，双手叉着腰说："你们看看，这信里写了些什么玩意儿！"大家诚惶诚恐地拿起信一看，都面面相觑，想笑可不敢笑。

　　"像这种信，如不查个水落石出，及时加以遏制，今后必在校园上下泛滥。这是学府，是教书育人的地方，可现在竟出现这种辱骂校长败坏校风的事情，你们说现在该怎么办？"校长说话时，脸色铁

积压的爱　‖　159

青，腮帮子鼓鼓的。

"的确，这是奇耻大辱，应该严加查办。"一位副校长说。

"我看这肯定是某些玩劣的学生所为，老师断然不会有这种下作之举。"另一位副校长推测。

"我看这事还需核实，就交给我具体查办吧。"办公室主任主动请缨。

校长点点头，并做了指示，说："这件事必须严办速办，一旦核实，是学生所为立即开除学籍。务必堵住坏水之源头，不让它污染校园纯洁的风气。"

当天下午，办公室主任就将信复印数十份，然后召集全校各年级各班的班主任开了一次特殊的动员大会，将信的复印件散发给每位到会者，并将校长的指示全面地完整地补充地阐述了一遍。

一开完会，班主任们便分头行动，将校委办公室主任散发给他们的辱骂校长的复印的信带回到教室里，贴到黑板上让学生们仔细辨认，为了激发他们的正义感，有的班主任竟以"评三好学生""奖学金""评优秀共青团员"等为诱饵，鼓励学生们积极揭发。重赏之下必有勇夫，一下课，学生们先后单独找班主任密报，在被举报的人当中，还真将那个写匿名信的学生找了出来，因为他的字迹和匿名信上的钢笔字迹一模一样。据该学生交代，他写这封匿名信，是因为某天上晚自习课时早退，让亲自查夜的校长发现了。他怕受罚，撒腿就跑，结果让校长追上给逮着了，被狠狠打了几个耳光。出于报复心理写了这封辱骂信。结果不言而喻，该学生被开除出了校门，而那位举报的学生却走了狗运，成绩倒数竟莫名其妙被评为"三好学生"，还得了一笔不菲的奖学金。

校长和学校领导都认为此举必定起到以儆效尤的警示作用。令他们做梦都想不到的是，在举报的人被评为"三好学生"当天，白校长办公室就收到数十封匿名的辱骂信，而且一封比一封写得歹毒。

校长勃然大怒，再次把副校长和办公室主任召进办公室。让白校长想不到的是，他们每人都抱着一大摞匿名信到他办公室来告状。校长立即给两位副校长和办公室主任批示：紧追严查，必须堵死这股歪风恶流。于是，办公室主任又召来各班班主任，班主任们也怒气冲冲带来不少恶意辱骂的匿名信。从校长到各班班主任的匿名信加在一起，几乎和全校学生的数量差不多。

　　最后，匿名信全部查出结果，每个学生都是匿名信的伪造者，而且，每个学生都是举报人。按照该学校一贯的奖罚制度，每个学生都应该被评为"三好学生"，每个人都必须发"奖学金"，然后，把每个学生都开除出校门。

积压的爱 ‖ 161

戏里戏外

银行经理正坐在办公室喝茶，突然有人来按门铃。经理开门一看，门口来了一位满脸横肉的大胡子。

"请问，你是银行经理吗？"大胡子很有礼貌地上前询问。

"你找我有事？"经理不认识他，疑惑地看了他一眼。

"我是海盗电影制片厂的导演，我叫陈艺谋。"大胡子满脸堆笑地伸出双手。

"你真是电影导演？！"银行经理既感到意外也有点怀疑。

大胡子连忙从兜里掏出证件，递给银行经理。他脸上的疑惑马上消失。"你真是电影导演陈艺谋！"银行经理惊喜地叫了起来，难以抑制自己激动的心情。他热情地把大胡子拉进办公室，又是递烟又是倒茶。显然，他对电影导演非常感兴趣。

"我从小的梦想就是做一位出色的电影演员。你想想，在电影中扮演各种各样的人物和角色，该是一件多么光荣而吸引人的事。"银行经理夸张地闭上眼睛，露出一副自我陶醉的样子。

"经理先生，我这次来找你，就是准备拍一部名叫《银行大劫案》的电影。"大胡子导演投其所好地说。

"是吗，那太好了！"经理突然从办公椅上蹦了出来，继续说："我的确很有表演天赋，念大学时，我就演过不少话剧，在全校上下还有小名气呢！请问导演，事隔这么多年，你是怎么打听到我下落的?"

"很抱歉，尊贵的经理，我这次来找你，不是来找演员的，而是想借你们银行这块场地拍场电影。"

银行经理闻听，顿时像泄了气的皮球，大胡子见状，连忙补充说："不过，像《银行大劫案》这么一部气势恢宏的电影，完全可以让你客串一个角色的。"银行经理见有转机，立即来了精神，探过头问："那你看我演见义勇为的警察还是演穷凶极恶的歹徒？这两种角色可都是我非常擅长的。"大胡子想了想，说："你还是演银行职员吧。不过，你这个角色和普通群众扮演的职员不同。到时候穷凶极恶的劫匪会用枪指着你的脑袋，逼着你开保险柜，从保险柜里掏出一沓沓的钱放进他们早已准备好的大麻袋里。你在影片中演一个很听话的人，劫匪叫你干什么你就干什么！"

"哦，这可是一个不怎么光彩的角色。"银行经理想讨价还价。

"可这绝对是一个上镜率很高的角色，放映时间最少有五六分钟呢？"大胡子导演保证。

"我想也是，一个演技好的演员应该什么角色都能演出彩来的。导演先生，到时我要让你看看，我的演技绝不比任何主角演得差。现在你可以谈谈你们影片对我们银行的要求，我会让全体职员绝对服从导演安排的。"

"到时候，我会带来一名摄影师和五名反角演员，他们都是用面罩蒙脸的劫匪。另外还需两名警察，这两名警察都由你们银行两位保安饰演。不过，他们一出场就被蒙面劫匪给打死了。到时，你可以安排几个客户，客户不能太多，几个就可以，他们在里面装作大惊失色的样子就行了。劫匪不会理他们，劫匪主要是冲你来的，你装成哆哆嗦嗦的样子打开门，一定记住。"

"我知道，会有穷凶极恶的劫匪用枪指着我的脑袋，逼我去开保险柜，打开保险柜以后，我就掏钱往他们准备好的大麻袋里放。那得准备多少钱，全部都用真钱吗？"

"为了逼真，当然得用真钱。千万别用一张假币，到时候你和钱都得拍特写镜头呢！"

"我尽力而为，把所有的钱都调过来直到你们拍完戏不再需要时为止。其他职员呢，怎么安排？"

"他们吓得面如土色，有的呆若木鸡，不能反抗，不能影响抢劫和劫匪演员的情绪，这一点千万记住，因为有枪指着。我不想一开场就死太多的人。把钱塞满麻袋后劫匪就开始撤退，直至歹徒全部上了一部白色面包车离去，这场戏才结束。当然，车还会开回来，把钱还给你们。""聪明的导演，你不觉得这样抢劫太顺利，缺乏警匪打斗的悬念会失去很多观众吗？"银行经理不无担心。

"经理先生，这是影片中的开头，死两位警察够判死刑的啦。鲜血淋漓的大场面还在随着剧情发展呢，在你们银行能把这个惊心动魄的片段拍好就足够看了。这仅仅是前奏和伏笔，演绎下去就会越来越精彩。记住，我们下午两点半准时带人马过来，人一到马上开拍，我不想拖拖拉拉影响我们的计划和进程，希望不要惊动太多观众，他们很容易制造麻烦。"

"好的，除了银行职员，我不向外透露半点消息。"

"这样最好，如果合作顺利，我们可以免费在片尾打上你们银行的字幕，当然，你的大名也将在演员表中排在醒目位置上。"

"太谢谢你了，导演先生，我现在就尽力安排好一切。"

显然，银行经理对电影导演最后的提议感到十分满意。

吃完午饭，银行经理早已把银行内外一切都按导演的意思安排得妥妥帖帖。银行职员听到这个消息，无不感到激动万分。对常年埋头数钱的会计们来讲，这比过春节还令人兴奋。他们一辈子看了无数部电影，自己上镜头被拍成电影这是破天荒第一次。

两点半整，一辆白色面包准时停靠在银行大门外。路人还没反应过来怎么回事，大胡子便带着一位扛摄像机的家伙和五位蒙面人出现了。银行经理一声令下，职员们各就各位。他本准备跑出去和导演打声招呼，再具体落实一下自己的角色问题。不料两声枪响，门外两位由保安扮演的警察因为没听导演安排制造障碍而遭枪击，应声倒地躺在血泊中一动不动。未经他同意就开拍这令银行经理对大胡子导演很不满意。但为了顾全大局，他还是匆匆返回银行待命。此刻，他手下的职员男的个个修饰得油头粉面，女的人人打扮得花枝招展，等待着上镜。

在大胡子的指挥下五个蒙面劫匪势如破竹，很快就杀到银行窗口，银行经理修饰停当早早守在门边，专等劫匪进入。

"你们赶快冲进银行！"大胡子一声令下，然后靠在窗口轻轻地对门后的经理说："经理先生，赶快开门！"当然，在枪口的威逼下，银行经理夸张地哆嗦着把厚厚的防盗门打开。领头的蒙面劫匪用力一脚把门蹬开，用枪指着银行经理的脑袋吼叫道："快打开你们的钱柜，统统打开！"细心的经理转身时发现，用枪指着他脑袋的劫匪手有点微颤。他不由得暗暗感叹："职业演员就是职业演员，哆嗦都表演得那么逼真那么到位，一看就有职业水准。"为了表演出最高水准，他一改夸张的哆嗦，模仿起持枪歹徒的微颤。按原定计划他掏出保险柜钥匙，并帮助劫匪往麻袋里装钱。银行其他职员没戏，但也不甘心眼睁睁地看着大好机会就在眼前溜走，他们尽量向摄像机靠近，搔手弄姿，无病呻吟。

五个劫匪每人装满一麻袋钱，慌慌张张背起来就往外撤退。导演和摄像机紧紧追踪指导拍摄。这时，银行经理突发奇想，愣了一会儿也追了出去，并冲着大胡子高喊："导演，你让摄像机再给我拍一个奋不顾身按响警铃的镜头吧！"银行经理刚刚追到门外，白色面包车一溜烟地载全体摄制组人员跑了。这时，他发现了门口由保安扮演的两位警察仍直挺挺躺在地上，全身上下满是鲜血。经理一看就来气，用脚狠狠地踢了踢他们，说："装什么死，戏早就拍完了，起来吧！"奇怪的是，两位保安一动也不动。他探下身仔细一看，吓了一跳，两名保安真中枪被打死了。这时，他才猛然惊醒，大惊失色地往银行里边跑边叫："抢劫，抢劫，快报警！！""经理，戏早就拍完了，你怎么还在表演啊！"职员们异口同声地朝银行经理喊着。

当然，故事讲到这儿并没结束。后来，抢劫案告破，银行经理也被逮捕。大胡子导演一口咬定，银行经理就是这起抢劫案的幕后主谋，在法庭上，他是这么陈述的："各位法官各位陪审员，你们想想，如果银行经理不是主谋，天下哪有这么容易抢的银行。"

癌的力量

保仔进制衣厂做工还不到三天，就遭到老板一顿毒打。

因为他踩坏了一台价值上万元的平缝机。工友们都说他运气不好。保仔认为自己很无辜，踩坏平缝机责任不在他，而是机器太旧所致。尽管老板没让他赔偿，可他还是对老板怀恨在心。

班依旧在上，但再也没以前认真了，经常出差错，为此老板三番五次打骂他。老板越打骂，保仔做事就越马虎，仇恨也一天天加深。干了不到一个月，保仔被老板从厂里踢了出来，出厂前，他一分钱工资也没领到，全让老板给扣掉了。保仔越想越气，但又没勇气采取任何行为维护自己的合法权益。悲愤之余，保仔生病了，全身莫名其妙出现青一块紫一块的瘢痕。

老乡们凑了点钱，让保仔到医院去看看。检查结果一出来，把保仔吓了一跳。化验单上其他的字他不认识，但病名最后那个字他却认得，一个乌黑的"癌"字，保仔绝望地捏着化验单，脑袋嗡嗡作响，他做梦也想不到自己会得癌症。在保仔意识中，患了癌症的人，差不多就死期临近。既然就快死了，还浪费钱治什么。转念间，他把化验单撕了个粉碎。他认为自己得癌症和制衣厂老板经常毒打他有关系。保仔迈出医院的第一个念头，便是用剩下的那点钱去买把锋利的尖刀。

"你这儿有刀吗？"保仔平时说话软声细语。可这次走到铁器行，声音特别凶悍。

"你是买切菜的还砍钝物的?"店主笑吟吟地上前问。

"杀人!"保仔喷出这两个字时满脸杀气,把铁器行老板吓了一跳。

"你,你开玩笑吧!"店主笑容凝固了,声音有点怯。

"少啰唆,就拿那把,多少钱?"

老板递过刀,保仔从兜里掏出一百块钱,丢到柜台上也没让找,抓起刀就往他打过工的那家制衣厂奔。

很多老乡和工友都看到瘦小干枯的保仔拎着一把杀猪用的尖刀雄赳赳气昂昂地从他们面前过去。他大概把自己想象成了悲壮的英雄或义气冲天的古惑仔,可见到的人都认为他拎刀劈木头用。

解雇他的老板看到保仔握着刀向他扑来时,笑得前俯后仰。但当他清楚看到保仔布满血丝的双眼,不仅打了个寒战。他张开嘴想喊句什么,不料刀扎扎实实捅进了他的肚子。扑通一声,制衣厂老板捂着肚子倒了下去。

杀人之举就发生在一刹那,周围的人却没反应过来。

保仔把刀从制衣厂老板身上抽出来,用舌头舔了舔刀上的鲜血,然后把刀一丢,大步流星地离去。这时,围观的人才发出一阵阵尖叫。

当天,保仔就被派出所的人逮捕了。

挨刀的家伙并未被捅死,这令保仔懊悔不已。他想,当时应该多补几刀才对。

保仔因犯故意杀人罪,被判处有期徒刑十二年。保仔在法庭上摆出一副无所谓的样子,他认为判无期和有期或是死刑都一样,谁叫自己得了癌症。难料的是,他在狱中等死的那段日子,一次例行体检中,医生告诉他,他根本就没有患癌症,仅仅是得了纤维血管瘤。开刀住院两个月便康复了。

这个结果让保仔悔断了肝肠。他觉得该杀的人不是制衣厂老板，而是医院给他开化验单的胖医生。同时，他又暗暗为自己捏了一把汗，幸亏那刀没捅到对方心脏，否则，自己也枉送了一条性命。

　　监狱的日子并不好过，同监的罪犯一个比一个狠，一个比一个横，对他非打即骂，保仔把他们恨得咬牙切齿，但不知为什么，他就是没勇气还一次手。